三千孤儿入内蒙古

潘永明 / 主编

远方出版社

图书在版编目（CIP）数据

三千孤儿入内蒙古 / 潘永明主编. —— 呼和浩特：
远方出版社,2023.10
ISBN 978-7-5555-1086-4

Ⅰ.①三… Ⅱ.①潘… Ⅲ.①报告文学–作品集–中
国–当代 Ⅳ.①I25

中国国家版本馆CIP数据核字(2023)第145968号

三千孤儿入内蒙古
SANQIAN GU'ER RU NEIMENGGU

主　　编	潘永明	
责任编辑	孟繁龙　萨日娜	
封面设计	祁瑞军	
版式设计	李炳辰	
出版发行	远方出版社	
社　　址	呼和浩特市乌兰察布东路666号　邮编:010010	
电　　话	(0471)2236473总编室　2236460发行部	
经　　销	新华书店	
印　　刷	内蒙古北方印务有限责任公司	
开　　本	787毫米×1092毫米　1/16	
字　　数	314千	
印　　张	15	
版　　次	2023年10月第1版	
印　　次	2023年10月第1次印刷	
印　　数	1—2200册	
标准书号	ISBN 978-7-5555-1086-4	
定　　价	100.00元	

编撰人员

满都日娃

任志刚

祁瑞军

李炳辰

于洋

黄翰馨

徐晓鹏

杨帆

敖民

序

潘永明

对于一个多年生活、工作在内蒙古的新闻工作者,三千孤儿入内蒙古的选题恐怕是许多同行的向往。在报社工作的若干年间,我在诸如乌兰夫诞辰一百周年等一些时间节点也曾有所触及,不过那些都是零零碎碎不成体系的。但也许正是这些偶然的触及诱惑着我的灵魂深处的渴望,全景式展示三千孤儿入内蒙古是我的夙愿。

机会不会光顾那些对它没有准备的人。换言之,机会总会光顾那些对它有所准备的人。2014年,我担任《内蒙古民政》杂志社主编,机会来了!

收养孤儿,是民政的业务之一,《内蒙古民政》关注三千孤儿入内蒙古,实至名归。况且,当年的自治区主席乌兰夫布置接收三千孤儿工作时,召集了两位厅长,一位是卫生厅厅长,一位是民政厅厅长,也就是说,民政部门在第一时间就直接参与了接收三千孤儿的工作。而且,六十多年来,民政部门始终是三千孤儿的娘家。因此,全面探寻并报道三千孤儿入内蒙古的往昔今朝,《内蒙古民政》责无旁贷!

我对我的弟子们说:如果我们不去挖掘整理三千孤儿入内蒙古的全部,三千孤儿入内蒙古的昨天和今天如果在我们手里未能完整呈现,我们就是失职、渎职,就是千古罪人!

我们的采访刚开始,便发现一个令人揪心的问题。那些当年抚养南方孤儿的养父母以及亲历者、见证者有的已经离世,有的年事已高无法表达,连那些"国家的孩子"也已年近花甲。我们意识到,这项工作已接近成为抢救性工程,刻不容缓,不容耽搁。

于是,我带着我的"孙悟空""猪八戒""沙和尚""白龙马"开始了寻访"国家的孩子"的历程,而且一发而不可收拾。我们走过千山万水、历经千辛万苦,和"国家的孩子"们对饮过千杯万盏的奶茶、砖茶,唠过唠不尽的千言万语;我们走遍了内蒙古所有的盟市,像锡林郭勒盟这样"国家的孩子"的密集地区,我们走遍了所有的旗县和市区。

在我们寻访到的"国家的孩子"中,许多孩子的姓是"国"或"党","国"就是中国的"国"、中华人民共和国的"国","党"就是共产党,中国共产党的"党"。收养他们的养父母放弃给孩子用他们的姓氏而给他们用这样的姓,是为了让他们铭记党和国家的大恩大德!

在我们寻访到的所有的"国家的孩子"中,无一人有违法乱纪的记录,在各个行业都很优秀、很能干。他们纯洁友善、憨厚朴实,是一批由南方飞来的一群小鸿雁,扎根在内蒙古的沃土上繁衍生息,他们早已融入这里的山山水水,他们的子子孙孙将永远与内蒙古共生共荣。

在中国共产党的百年华诞、三千孤儿入内蒙古六十年之际,我们终于推出了《三千孤儿入内蒙》特刊,完成了报告文学集《三千孤儿入内蒙古》的初稿。

我们的行动也感动了很多人。

21世纪初就有《国家的孩子》《静静的艾敏河》等三千孤儿入内蒙古题材的作品问世的萨仁托娅老师,听说我们在编撰《三千孤儿入内蒙古》一书,为我们提供了大量珍贵的资料和照片,并且表示,"随便摘、随便用"她作品中的内容和照片。

满都日娃,西乌珠穆沁养育的"国家的孩子",还担任"国家的孩子"爱心协会会长,著有《守候生命的故乡》。当我们联系她的时候,她欣然同意我们将她的《守候生命的故乡》的内容译成汉文公开发行,还为我们提供了许多关于苏尼特左旗"国家的孩子"以及"国家的孩子"爱心协会的资料。

内蒙古教育出版社资深编辑乌兰,听说我们在编撰《三千孤儿入内蒙古》一书,把20世纪末和21世纪初两度出版的《三千孤儿和草原母亲》一书的资料发给了我们。

"国家的孩子"、"内蒙古三千孤儿国家孩子"微信群群主梁引梅听说我们编撰《三千孤儿入内蒙古》一书,不仅提供了大量的资料、照片,还在微信群中向"国家的孩子"征集资料、照片!

还有自治区民政系统的领导、同仁,他们逢山开路遇水搭桥,当向导、当翻译,为我们提供了一切可以提供的支持和帮助!

全景式展示三千孤儿入内蒙古的前因后果,恐怕不只是我们一个团队的夙愿。爱自己的孩子是人,爱别人的孩子是"神",恐怕他们与被爱的自己的孩子和别人的孩子都想品味、体味、回味一番爱和被爱的滋味。从这个意义上讲,报告文学集《三千孤儿入内蒙古》的完成,不仅仅是一个团队的夙愿,更是为内蒙古乃至全国关注三千孤儿入内蒙古的千千万万个爱自己孩子的人、爱别人孩子的"神",被爱的自己的孩子和别人的孩子们奉上的一道精神大餐。

都说,内蒙古是祖国北疆一道亮丽的风景线,这里有一望无际的草原,有莽莽苍苍的森林,有浩瀚无垠的沙漠,有碧波荡漾的湖泊,有千里沃野麦浪滚滚,有万里雪飘银装素裹……不过,这些只是这道风景线的表面,是这道风景线的底色;生活在这里的两千五百万各族儿女,有着像天空一样宽广的胸怀,有着坚韧、担当、感恩、奉献的品格,这才是这道风景线最亮丽的色彩,是这道风景线的魂。

正如习近平总书记所说的那样:"新中国成立后,内蒙古创造了'齐心协力建包钢'、'三千孤儿入内蒙'等历史佳话。在党史学习教育中要用好这些红色资源,组织广大党员、干部重点学习党史,同时学习新中国史、改革开放史、社会主义发展史,做到学史明理、学史增信、学史崇德、学史力行,做到学党史、悟思想、办实事、开新局,特别是要在坚持走中国特色解决民族问题正确道路、维护各民族大团结、铸牢中华民族共同体意识等重大问题上不断提高思想认识和工作水平。"(习近平总书记参加十三届全国人大四次会议内蒙古代表团的审议时强调)

目　录

记录

反哺

回声

往事

前奏：三百孤儿入内蒙古

捧读内蒙古档案馆三千孤儿入内蒙古的档案，心潮澎湃，浮想联翩。

岁月将记录她的纸张染成泛黄，但字迹仍依稀可见。模糊不清的文字，承载着老一辈革命家为了三千个幼小生命的殚精竭虑，承载着内蒙古干部、职工、医生、护士、保育员为了三千个"国家的孩子"的呕心沥血，承载着内蒙古人民养育三千孤儿的含辛茹苦，承载着三千个"国家的孩子"与他们父母的相濡以沫……

关于三千孤儿入内蒙古的起源，比较通行、认可度较高的是关于一车皮奶粉引发的一个会议的决策。

故事大致是这样的：20世纪60年代，主管全国妇女儿童工作的康克清为救南方孤儿院里嗷嗷待哺的孤儿请内蒙古自治区人民政府主席乌兰夫救援，乌兰夫将此事提交自治区党委常委会向各盟市调集奶粉，好容易凑够一车皮奶粉的常委们意识到这只能解决一时的困难，并不是长久之计。此时，自治区党委副书记吉雅泰提出把那些孤儿接到内蒙古抚养。这一提议得到乌兰夫的赞成，并在常委会形成了一致意见后报请周恩来总理实施。

时光如梭，岁月荏苒。当年的当事人大部分都已离世，个别亲历者也年事已高。加上近年来网上一些没有史料佐证，没有对亲历者的采访，甚至连键盘都未曾敲击仅凭鼠标复制、粘贴的海量报道的误导，许多人都把上述故事当成了1960年三千孤儿入内蒙古的开始。

其实，在三千孤儿入内蒙古千里大营救之前，还有个三百孤儿入内蒙古的序幕，上述故事仅是三百孤儿入内蒙古的前奏。

上海等地三千孤儿代表纪念乌兰夫诞辰100周年　2006.10

《内蒙古自治区志·民政志》(2009年,内蒙古人民出版社,有删改)有如下记载:

接收安置安徽婴幼儿童

　　1958年,负责全国妇女、儿童工作的康克清到内蒙古自治区视察。与内蒙古自治区主席乌兰夫谈到安徽省有不少婴儿无法安置,希望兄弟省、区给予援助。乌兰夫表示,内蒙古牧区地广人稀,牧民需要孩子,当地牛奶也多,哺养不成问题。随后,自治区主席办公会决定,接收安徽省的部分婴儿,分给锡林郭勒盟牧民领养。

　　同年9月,锡林郭勒盟接婴工作组到达苏尼特右旗政府所在地——赛汉塔拉进行接收前的准备工作,苏尼特左旗和苏尼特右旗各组成接待移入儿童筹备委员会,并以旗长为首组成接婴工作组。同时,内蒙古自治区民政厅、卫生厅抽调干部、医生和护士九名,组成接送工作组,前往安徽省,从安庆、芜湖、合肥三地接收婴幼儿三百零八名,其中女婴一百八十二名。在一百五十多名女护理员的精心照料下,于9月22日抵达赛汉塔拉。

亲历者敖登格日乐讲述当年接收孤儿的情况

亲历者刘永信讲述当年接收孤儿的情况

1958年，内蒙古接收安徽三百零八名孤儿，拉开了内蒙古接收南方孤儿的序幕。更为可贵的是，这次接收工作为1960年大批量接收上海等地孤儿积累了宝贵的经验、打下了坚实的基础。有了这一次，才有了后来的"接一个，活一个，壮一个"，才有了三千孤儿入内蒙古。

内蒙古档案馆306-1-176卷可以佐证。

《关于移入儿童经过简况及今后保健措施的报告》

组织领导工作：

1.在当地党委领导下，设移入儿童保健工作指挥部，统一领导全面安排保健工作。指挥部由盟委和旗委领导与有关部门负责同志组成。

2.在苏尼特右旗温都尔庙、苏尼特左旗所在地贝勒庙设立移入儿童保健站，由专职党支部书记、站长、保健主任分工负责，领导站内组织思想教育和业务技术工作。除一些干部和牧民所领养的年龄较大些、营养状态较好的少数儿童外，其他所有移入儿童一律在保健站集中养育。

集中过程中的保健措施：

1.在集中时，小集中点的负责医生必须认真检查集运儿童的健康状况，因儿制宜，分别对待。可集运的儿童必须在保温和周密的医护条件下，迅速集中到保健站来，重症儿必须就地由专门医护人员进行抢救治疗，待恢复后再集中。保证在集中过程中不发生传染病恶化和死亡。

2.在集中过程中保证做好对于小集中点和散在居民点儿童周围的流行病学的调查了解工作，将来自疫区的儿童与健康儿童进行分别集运，入站后及时进行隔离观察，并视必要与否决定是否进行预防性治疗。保证在集运过程中不出现传染病。

集中后的保健措施：

1.儿童入站后，由医生认真负责甄别健康儿、营养不良儿、病儿等情况，分成不同的几组，及时采取相应的保育、增强营养、医疗等具体措施。否则使保健工作一般化，越来越陷于混乱被动不堪的境地，将会造成不良的后果。

2.除对入站可疑传染病儿童及时进行隔离观察外，每日必须对站内儿童进行检疫工作，大胆怀疑，隔离观察预防治疗要迅速准确，在站内必须严格贯彻执行传染病管理条例。加强对传染病的防治管理工作是保证儿童安全度过冬春的重要措施。

3.对于入站儿童进行预防麻疹、百日咳、天花、结核等预防接种措施，提高儿童免疫力。

4.对于入站儿童进行体内寄生虫病检查工作，要用温和性的驱虫剂实施驱虫治疗，在进行驱虫时要注意儿童的健康状况。

5.在日常医疗工作中，必须贯彻以预防为主的方针，要改变只治已病不治未病的医疗作风。要勤检,及时发现病儿,早期进行预防治疗,对于咳嗽、发热、腹泻等症状要及时进行预防治疗,因为对象是营养不良、抵抗力弱的儿童,所以不能等待症状俱全确诊后再动手,那样就会使病情恶化甚至导致死亡。争取做到早期发现及时进行预防治疗,这是日常医疗工作中的重要一环。

6.根据健康儿、营养不良儿、病儿等不同的儿童组制定相应的食谱,并在医护人员监督下进行定时定量的喂养。

7.对于患传染病的儿童或可疑传染病儿童隔离观察期间的护理工作,必须有医护人员亲自进行,此项工作不得推给保育员去做。

8.保育工作人员的培训工作,以半工半读的精神,采取做什么学什么、缺什么补什么、边工作边学习的方法,培养儿童护士和部分牧民保育员,为牧区人民公社培养托儿所保教骨干。

9.对于来自牧业社的保育员(养母),也要及时进行说服宣传教育工作,解除她们的四怕,即怕家务无人管、怕耽误生产、怕担负不起医药费、怕不给孩子了等思想顾虑,并通过旗、组及牧业社的行政领导来解决实际存在的问题。

10.建立与健全站内的会议汇报制度,向当地党委和指挥部及时进行请示报告,主动争取指导。加强保健站的组织领导和业务领导工作。

当年的保育员斯琴

沉睡的档案会说话

领养到"国家的孩子"的牧民笑逐颜开

"国家的孩子"们在蒙古包前的草地上载歌载舞

千里大营救:接收安置上海、常州等地的孤儿

1959年12月上旬,内蒙古自治区卫生厅和民政厅的负责人被乌兰夫叫到内蒙古自治区党委大院。乌兰夫告诉他们,内蒙古要接收三千名孤儿,由民政厅和卫生厅抽调十名干部组成一个办公室,两厅厅长挂帅,卫生厅副厅长朱明辉同志具体负责,同时提出"收一个、活一个、壮一个"的要求。

1997年,中央党史出版社出版的《乌兰夫与三千孤儿》一书中,朱明辉撰文回忆:

1959年12月上旬的一天上午,我们卫生厅正在召开厅务会议研究年终工作总结,乌兰夫来电话,让厅长胡尔钦和我马上到他的办公室去一趟。我们想乌兰夫一定有要紧事,不然他不会亲自打电话来的。于是,我们立即宣布休会,直接赶到内蒙古党委大院。当我们走进乌兰夫的办公室时,发现民政厅厅长白云已在座。乌兰夫让我俩坐下后,便开门见山说:"现在有一项紧急任务,要你们两个厅完成。"

我们一听说有紧急任务,精神立刻振奋起来,就像当年在部队接受战斗任务一样。我们当即表态说:"乌兰夫同志,有什么任务就分配吧,我们保证完成。"

乌兰夫接着向我们交代说:"现在上海、浙江、安徽、江苏等地,大约有三千名孤儿因为缺乏食品、营养不良,正在遭受疾病和死亡的威胁,急需我们伸出援助之手。为这事康克清大姐在北京专门找过我,内蒙古党委经过反复研究,并请示周总理同意,决定将这批孤儿接到内蒙古来,送给牧民抚养,由你们两个厅担负这些孤儿的接收和安置工作。这可是件利国利民的政治任务,你们必须保证安全、迅速地做好。"

三千名孤儿的接运安置,吃、住、照料、医疗……这是一项极其复杂而繁重的工作。乌兰夫似乎心中很有数。他马上提出一个工作方案来,指示:由民政厅和卫生厅抽调十名干部组成一个办公室,民政厅长和卫生厅长挂帅、副厅长朱明辉同志具体负责,统一领导这项工作。各盟市也要组成专门机构,在当地医院和幼儿园腾出专用房间和床位,抽出医护人员,担负孤儿的接收和转运治疗工作。要一级一级地切实抓好这项工作,把孤儿安全地送到牧民手里,还要教给牧民抚养方法。为了保证抚养好孤儿,民政部门要规定,必须是无儿无女的有抚养能力的才能领养……

乌兰夫将这项工作交待得如此细致、周到,使我们很受感动。更使我们钦佩的是他这种急人之所急的高尚品德。

临别时,乌兰夫又嘱咐说:"救灾如救火,你们回去马上把各项任务分头布置下去!"

我们从乌兰夫办公室走出来时,已是下午一点多。我们顾不上吃午饭,直接回到卫生厅,召开了紧急厅务会议,向处以上干部进行了传达。散会后,由我给各

盟市的卫生部门负责人打长途电话，传达了乌兰夫同志的指示和内蒙古党委的决定，要求他们迅速行动起来，做好接收安置孤儿的各项准备工作。在我们挂电话向下布置的时候，民政厅也在向下布置此项工作。有些盟市的民政、卫生部门已互相通了气，开始联合行动起来。

自治区医院和附属医院、呼和浩特市医院，立即准备了接收孤儿的地方。呼伦贝尔盟、哲里木盟、昭乌达盟、锡林郭勒盟，以及伊克昭盟和包头市的医院、幼儿园，都腾出房子和床位，准备了婴幼儿童的生活用品以及食品、医疗器材和药品。有些地方人手不足，还临时聘请了一些主动报名担任照料孤儿的保育员。

内蒙古自治区接收孤儿办公室负责人朱明辉

三千孤儿入内蒙古六十多年后的2021年，周恩来的侄女周秉建和乌兰夫的儿子乌可力通过中央电视台向大众讲述他们亲历周总理和乌兰夫同志通电话沟通接收三千孤儿入内蒙古事宜，才向人们揭开了那段尘封的历史。在乌可力的讲述中，周总理与乌兰夫那次通话的时间是"1960年一个星期天的早上"。

《内蒙古自治区志·民政志》(2009年，内蒙古人民出版社，有删改)有如下记载：

1960年初，在北京的一次会议上，康克清要求乌兰夫支援上海等地部分奶粉，乌兰夫提出把部分孤儿送往内蒙古安置。此事报告周恩来总理，总理十分高兴，并要求把工作组织好，把孩子安排好。

同年2月，自治区副主席王再天与上海有关部门决定：1960年内由上海移入孤儿一千名。为接收孤儿，自治区卫生厅经自治区政府批准，在内蒙古医院和锡林郭勒盟、乌兰察布盟、呼伦贝尔盟、包头市五个地区医院内或医院附近各建一所收容二百名孤儿的育婴院;在哲里木盟、昭乌达盟、巴彦淖尔盟、伊克昭盟和呼和浩特五盟市医院,各建一所收容一百名孤儿的育婴院。这十所育婴院除收养上海移入孤儿外,还收容自治区内的弃婴和孤儿。自治区政府给卫生厅增拨卫生事业费一百万元,要求各地在1960年7月前建成育婴院并交付使用。

同年8月,锡林郭勒盟抽调干部七十名成立移入儿童工作组。在张家口、宝昌、锡林浩特设立移入儿童转运站,解决过往儿童的食宿、转运和医疗等问题。各有关旗也都做了充分准备。盟接运组一行八人,9月前往上海、常州挑选年龄在六个月以上至七周岁的健康婴幼儿三百三十八名,分两批于10月中旬运回锡林浩特,分别送给盟育婴院一百五十七名、宝昌育婴院五十九名、阿巴嘎旗育婴院七十名、西乌珠穆沁旗育婴院五十二名。婴儿进院后,首先对婴儿进行药物接种、防止传染病发生,同时加强饮食营养管理。由于坚持预防为主、及时治疗,婴幼儿均顺利地适应了新环境。到1961年秋,领养孩子的牧民们纷纷到育婴院申请领养。

广大牧民把这些移入的孤儿称为"国家的孩子",有的为孩子起名叫"那民呼"(意即党的儿子),有的叫党育宝、毛世永,表示对党和毛泽东主席的感激之情。牧民将孩子视为掌上明珠、关怀备至,为使孩子们健康成长,他们历尽艰辛,终于为国家养育出一批人才。

同年,除上述由卫生部门建立的十所育婴院外,还有十一座城市医院和三十七个旗县(市)医院收养区内外婴幼儿童一千九百八十三名(其中区内收养七百八十五名、死亡一百九十名、被领养出院四百四十五名,其余孤儿依靠奶母分散抚养)。

1961年元旦,自治区主席乌兰夫到自治

上海孤儿包凤英1960年被领养时随身佩带的小铜铃

当时领养上海孤儿的申请表

9

区医院和锡林郭勒盟的育婴院看望婴幼儿并赠送慰问品。

　　1962年6月，自治区人民委员会批准卫生厅《关于移入及收养儿童工作情况和今后意见的报告》。《报告》称：内蒙古自治区1958年至1961年共移入和区内收养婴幼儿两千一百九十四名。其中，从上海、安徽、江苏常州移入一千五百四十九名；区内收养六百四十五名。已被领养出院一千五百二十六名、死亡三百四十八名、现有三百二十名。已被领养出院的孤儿中由蒙古族及其他少数民族领养的八百九十九名；汉族领养六百四十七名，建议今后收养儿童应以区内为主。暂停区外移入。

　　1964年，自治区民政厅、卫生厅根据自治区人民委员会的决定，联合发出《关于将育婴院交由民政部门接管的通知》。同年8月，呼和浩特市、乌兰察布盟和巴彦淖尔盟等处的育婴院交接完毕。其他盟市育婴院大都附设在医院内，将移入或收养的婴幼儿全部送往牧区或就地被领养后结束。

本书主编潘永明与萨仁托娅互赠著作

为了接收三千孤儿入内蒙古,1960年初,准备工作便紧锣密鼓展开。内蒙古档案馆保存着相关资料。

关于1960年移入婴儿计划的请示

乌兰夫书记并内蒙古党委:

1960年原计划移入儿童一千五百名,其中由区外移入五百名、由区内收养一千名。移入儿童经费总额是一百二十六万六千八百五十四元,其中基建投资六十三万两千五百元、开办费五十四万四千三百五十四元、1958年移入七十八名儿童维持费三万元、另有五百名群众抚养之奶母补助费六万元。最近,由党委宣传部通知,王再天副主席已同上海有关部门达成协议,确定1960年我区由上海移入一千名儿童。根据这一新的决定,厅党组再次研究,在修订原计划的基础上,确定1960年移入儿童的任务是共两千名,其中由区外移入一千名,由区内收养一千名。

我们认为移入儿童工作和其他工作一样,必须贯彻两条腿走路的方针和勤俭办一切事业的精神,即一种是依靠国家举办育婴机构,另一种是依靠群众抚养。国家举办的育婴机构,只能在重点地区设立,作为技术指导和创造经验的基地。数量是不应太多的,而大量的儿童今后还是依靠群众抚养为主。国家举办的机

当年赴上海接孤儿的西乌珠穆沁旗工作人员。后排左起:吴玉贞、王俊芝、王宝库、杨建民、车丽霞;前排左起:金玉、郭秀云、包俊茹、杨秀兰

构,除在自治区医院,锡林郭勒盟、乌兰察布盟等地区的三处大型育婴院全部新建外,一般地区的育婴院尽可能的利用旧有房屋为主新建为辅。即大型育婴院补助五万元,中型育婴院补助三万元。在移入儿童工作上,我们尚缺乏经验,为了做好这项工作,1960年由外区移入的儿童尽可能的安排在国家举办的育婴机构中,其余儿童有计划、有领导地因地制宜地在重点公社组织托儿机构或托养小组等办法抚养,并给予必要的补助,以取得经验,逐步把移入儿童工作全面开展起来。

本着上述原则,1960年计划新建大型育婴院五处,每所收容二百名。分设在自治区医院,包头市、锡林郭勒盟、乌兰察布盟、呼伦贝尔盟等地。在哲里木盟、昭乌达盟、伊克昭盟、巴彦淖尔盟及呼和浩特市分别各设收容一百名儿童的中型育婴院一处。

以上十所育婴院可收容一千五百名儿童。目前各盟市用房均较紧张,而移入儿童任务逐年增加。为此1960年必须创造条件打下基础,据初步计算十所育婴院需要基建投资六十八万九千元、开办费七十二万一千八百四十元。其余五百名儿童,拟采取依靠群众抚养办法解决,即在重点公社以社办公助方式组织小型托儿所和在群众中寻找奶母代为喂养,每月给奶母一定补助费,予计六万元。此外1958年移入锡盟儿童尚有七十八名维持费三万元,以上总计一百五十万零八百四十元。根据卫生厅今年经费核算情况,最多能抽出十五至二十万元,尚不足一百三十万零八百四十元,请党委予以解决。此外,为满足建育婴院需要,必须立即培养保育员及工作人员计需五百名,请批准劳动计划。以上报告当否,请批示。

中共卫生厅党组

1960年3月4日

(资料来源:《乌兰夫与三千孤儿》附录,内蒙古乌兰夫研究会编,中共党史出版社,有删改)

关于1960年收容并移入儿童
工作的具体计划

内蒙古党委:

遵照内蒙古党委和乌兰夫主席关于繁荣人口的指示精神,八年内全区人口将由现在的一千万发展到一千五百至两千万。蒙古族人口由现在的一百一十七万发展到一百五十至二百万。这是全区各族人民的光荣任务,也是我区今后八年卫生工作的中心任务。移入儿童工作是完成繁荣与发展民族人口任务中贯彻"两条腿走路"方针的重要的一个方面,我们必须认真做好此项工作。根据最近王再天副主席的具体指示和主席联合办公会上的决议精神,经厅党组再次研究确定的

1960年移入儿童任务为两千名,其中由区外移入一千名、由区内收养一千名。根据这一新的决定,各盟的任务也将相应的增加,(详见附表)为做好这项工作,具体意见如下:

一、移入儿童的条件及收容办法

1.移入儿童之条件

为保证移入一个活一个,区外移入儿童之条件:年龄在一周岁以上,营养良好,发育正常,无严重急慢性传染病和先天畸形及残疾者。凡具备以上条件者,不分族别均可以移入。

区内收养儿童之条件不另做具体规定,凡被遗弃或父母因子女众多或因某种原因自愿送人抚养者均可收养,健康情况基本上可参照区外移入儿童之条件办理,年龄可放宽,但从儿童健康着想和保证做到收一个、活一个、壮一个。对新生儿可先行登记入册,暂不收容,尽可能与送养者协商,由其母亲哺乳至三个月以上再加以收养,必要时在此期间的儿童医药费亦可予以报销或酌情予以部分生活补助。依靠群众分散抚养的儿童,可根据具体情况酌情办理。

本书主编潘永明在鄂温克族自治旗采访"国家的孩子"

2.收容办法及育婴院任务

1960年新建育婴院十处，其中收容二百名儿童的大型育婴院五处，分别附设在自治区医院、乌兰察布盟、锡林郭勒盟、呼伦贝尔盟及包头市医院，在伊克昭盟、巴彦淖尔盟、哲里木盟、昭乌达盟及呼市医院各附设一处能收容一百名儿童的中型育婴院。以上十处育婴院可收容一千五百名儿童。其余五百名儿童，依靠群众抚养，各盟市根据自治区统一分配的名额，迅速进行研究和下达，采取在群众中成立抚养小组或寻找奶母代为哺养，并给予一定报酬的办法解决抚养问题。各盟市育婴院原则上应尽先收容由区外移入的儿童，其余床位再收区内收养的儿童。经抚养至年满一周岁半至二周岁基本适应北方气候和生活环境，在经检查完全健康的条件下，再有组织、有计划地交给无子女或少子女的蒙古族及其他少数民族群众领养，缺少子女的蒙古族及其他少数民族干部凡要求领养者亦可准予领养，有条件的亦可在年满一周岁半之前领养。

各盟市育婴院除担任收容儿童任务外，同时也是各该地区培养保育人员，创造育婴工作经验，指导开展旗县或公社育婴院或育婴组工作的基地。锡林郭勒盟、巴彦淖尔盟、呼伦贝尔盟的育婴院还应承担其他育婴院转送牧区儿童的临时收容任务。

3.移入儿童时间

由区外移入儿童时间拟在6至8月间，共分两批由上海移入一千名儿童，根据往年经验，为了缩短运输时间和减少儿童疲劳，拟由大型飞机运输。区内收养时间不做硬性规定，各地应积极创造条件，尽早开始收容。

二、组织领导

为加强领导，自治区卫生厅已设立繁荣人口办公室，各盟市亦应在当地党委的领导下，以卫生部门为主，吸收民政、财政、教育、妇联等有关部门参加，组织盟市级繁荣人口工作委员会，邀请盟长或副盟长兼任主任委员，以领导检查推动此项工作。委员会下设置有三至四名专职人员的办公室，由卫生处、局长兼任主任具体承办有关繁荣人口的各项工作。

1960年9月，阿巴嘎旗医院院长姜永禄（后排男士）率领旗育婴院医生、护士和保育员十四人赴上海育儿院为锡林郭勒盟接回三百名孤儿，图为1960年9月27日合影于上海外滩黄浦江畔。 （姜永禄 供图）

14

三、准备工作

1.关于区内收养儿童工作,各地应根据当前情况,积极创造条件抓紧收养外,还应有计划地通过基层组织结合开展各项工作,调查了解儿童来源,进行登记摸底、排队,但暂时不做大肆宣传。同时也要积极地与旗、县、人民公社、街道委员会研究协商,筹划组织各种形式的民办育婴机构及抚养小组或零散收养事项工作,并于第二季度内制定出收养儿童的近期规划和长远规划。

2.筹建育婴院

1960年所建的十所育婴院,根据重点与一般和大型与中型均分别拨给了一定数量的基建费及经费。院址应设在盟市级医院附近。托儿用房为砖木、职工用房及辅助用房为土木结构,以防寒保暖足数使用适合保育儿童条件如向阳、室内干燥、空气流通、整齐清洁为原则。有条件的地区托儿用房亦可设置暖气,根据这一原则,各地必须以勤俭办事业的精神,充分发挥地方潜力,指定专人负责,抓紧时间积极进行筹建。基建费如有不足应由地方自筹解决,物资设备购置也必须以力求节约的精神能用木质的就不要铁质的,能自己调剂解决的就不进行外购,并力争于7月末至迟于8月上旬做到可以收容儿童的要求(经费指标不日即可下达)。

3.组织编制

院长由盟市医院院长兼任,下设一至两名专职,副职具体掌管院内事务。根据需要院内可设行政、保教、医疗等组,所需人员均由各盟市卫生行政部门协助举办

"国家的孩子"历史档案

单位自行训练或调配,但财会和医护人员不另设编制,由医院中指定专人兼管。在保育人员中还必须注意配备一定数量的骨干,工作人员与儿童之比例暂按1:3进行配备。各地还可以半工半读的护士学校或训练班的学员来临时解决人力不足的问题。

4.训练保育员

保育人员应按编制比例,招收具有高小或相当初、高小文化程度,身体健康,政治可靠,热爱保育工作,年龄在十八至四十岁的青壮年妇女,加以短期训练,训练时间一般以一个半月至三个月为宜,要求达到初级卫生人员水平,然后在实际工作中使之逐步提高。(训练计划另附)

移入儿童工作是繁荣与发展人口工作中贯彻"两条腿走路"方针的一个重要方面。工作的好坏是直接关系到党的政策和对区内外的政治影响的重大问题。移入的对象是婴幼儿这一特点本身就加大了此项工作的复杂性和艰巨性。对各地来说又是一个新的工作,缺乏经验,为此必须接受1958年首批移入儿童工作中的教训,各级卫生行政部门在各级党委领导下,必须政治挂帅,领导亲征,与有关部门紧密协作,认真研究和贯彻执行本计划。并以多快好省的精神,切实做好移入前后的各项工作。对移入和收养过程中可能遇到和产生的问题,必须有足够的估计,并千方百计地加以防范,以保移入一个、活一个、壮一个,并为今后移入儿童工作创造经验,打下基础。

(资料来源:《乌兰夫与三千孤儿》附录,内蒙古乌兰夫研究会编,中共党史出版社,有删改)

本书主编潘永明在海拉尔采访抚养"国家的孩子"的母亲傅秀光

内蒙古党委对内蒙古卫生厅
党组《关于1960年收容并移入儿童工作的具体计划》的批复

内蒙古自治区卫生厅党组：

　　同意你们《关于1960年收容并移入儿童工作的具体计划》。可报人委下达执行。

　　繁荣自治区民族人口是一项重大而艰巨的任务，需要在高速度发展生产、大力、改善人民生活的基础上，领导与群众密切结合，才能取得突出成就。因此，必须坚持政治挂帅，坚持群众路线，坚持"两条腿走路"。反对溺婴弃婴恶习，大力收容并组织移入儿童的工作，不仅要做艰苦的组织工作，而且要做广泛深入的政治思想教育工作；不仅要破除迷信，反对封建残余思想，而且要和资产阶级民族思想作斗争；不仅要以国家力量组织收留移入工作，而且要组织群众性的收留抚养工作。即使国家办的，也要注意"两条腿走路"方针。希望你们迅速、具体把这一工作抓起来，一定要做到收一个，活一个；活一个，壮一个。在进行这项工作当中，要注意总结经验，不断解决工作中发生的实际问题。

　　此复。

内蒙古党委

1960年5月9日

（有删改）

　　内蒙古自治区卫生厅的报告有一张附表，表格上一项项地写着孩子们的生活必需品：小木床、小草垫、小被褥、枕头、小毯子、毛巾、碗筷、脸盆、便盆、澡盆、食具以及小桌子、小椅子……

　　仅尿布一项就需四千五百块，要支出五千四百元。

　　为了这些"国家的孩子"，内蒙古自治区党委统一组成由妇联、卫生、民政、教育、公安等各部门参加的移入儿童筹备委员会。

保留下来的历史档案中有许多为孩子们拟定的食谱,食谱中都有牛奶、肉、鸡蛋、面粉、糖、水果、肝……等字样。当时,每人每天膳食中营养素的供给量,如热量,蛋量,钙,铁,维生素A、B、C等方面的指数,表格中都有详细记载。

乌兰察布盟委和政府紧缩行政开支,甚至压缩冬季取暖费,以保证购买鸡蛋、牛奶、白糖等孩子们急需补养品的经费。呼伦贝尔盟海拉尔市保育院为了解决孩子们喝牛奶的问题,紧急贷款购买了一头荷兰乳牛。巴彦淖尔盟在报告中为计划每个孩子每个月国家供给伙食费十二元,但实际上只能落实十一元七角而检讨……

内蒙古自治区档案馆档案资料

在1960年西乌珠穆沁旗全旗卫生工作全年总结中,有一段较为详细的关于上海孤儿来西乌珠穆沁旗的记录,内容如下:

为了进一步贯彻内蒙古制定的繁荣民族人口"两条腿走路"的方针、有力地加强这一工作的领导,旗委第一书记亲自担任主任委员,组成了繁荣民族人口委员会,下设办公室,抽调了专职干部进行筹备接纳接入儿童的一系列的准备工作,这一工作由于更加重视有关部门的大力协助和支持,因而迅速准备就绪。修建成二十间房舍,准备了足够五十名儿童使用的木床、被褥、衣服、用具等。并于9月18日正式组成接运儿童工作队,与盟一起共同前往上海共接入移入儿童五十名,现已基本安排就善,全部儿童安全到达了我旗。儿童接入后,为了使儿童的身体得到健康成长,建立健全育儿的各种制度,卫生科长亲自挂帅,亲自指导育婴院进行整顿,清理了一些不称职的保育员,吸收了一些有文化、思想较进步的保育员。建立健全了各种制度,并专设了医疗保健室经常负责儿童的医疗保健,发现疾病及时治疗,因而至今仅死亡两名婴儿,其余全部健康。

内蒙古自治区档案馆档案资料

(有删改)

1963年的西乌珠穆沁旗全旗卫生工作全年总结讲的更具体：

移入儿童在我旗来说是一项新的工作。这项工作完成的好与坏，直接关系到党的民族政策和区内外政治影响的重大问题。也是具体贯彻党的"人畜两旺"政策和发展与繁荣民族人口的一项主要工作。为了做好此项工作，1960年以来，在党的三面红旗的指引下，根据旗委"只须做好，不许做坏"的指示。首先成立了以旗委第一书记为首的卫生部门为主与商业、粮食、妇联、民政、运输等有关部门组成的繁荣民族人口工作委员会，下设了办公室，由专人处理日常事务。接着又成立了收容移入儿童的专门机构育婴院。在繁荣民族人口工作委员会的直接领导下，和有关部门的大力支持，以及育婴院全体工作人员的积极努力下，在建院筹备工作和接运移入儿童工作以及儿童移入后的抚养保健、下放牧民领养等各项工作，均获得了较好的成绩，兹分述如下：

一、建院筹备工作

自从上级确定我旗建立育婴机构后，在繁荣民族人口工作委员会具体领导下，指定了专人负责筹备建院工作。开始了移入儿童接运前的一切准备工作，从人员、思想、房舍、物资设备等方面均做了充分的准备，从5月至7月间修建成土木结构的房舍二十间；从6月开始招收训练了二十名保育员，这些保育人员经过三十天的学习后，当时都初步掌握了儿童的保育护理知识；随后准备了物资设备，如婴儿床、衣被、食物、蔬菜、副食品和炊事设备，取暖用具，孩子清洁用品等。这一阶段筹备工作，经过五个多月的时间，已基本准备就序，为下一阶段接运移入儿童工作奠定了充足的基础。

二、移入儿童的接运情况

我旗前后共接运了两批移入儿童，儿童最高年龄为七岁，最低年龄为一岁。第一批从上海接回五十名，第二批由锡盟育婴院接运来三十名。接运移入儿童工作是一项新的工作，要想做好这项工作，关键在于"组织好接运工作人员"，为此我旗在接运第一批移入儿童工作中，挑选了工作比较积极、责任性较强的工作人员，以卫生科长为首保育人员为主，与医疗护理人员共同组成了接运移入儿童工作组。在工作组未出发前，召开了全体接运工作人员会议，会上制定了接运工作制度，布置了接运工作中的注意事项，使工作人员有了思想准备，于1960年9月18日正式出发赴盟和盟接运工作组合并组成接运儿童工作队前往上海。到达后又与盟接运工作组共同着手挑选了移入儿童对象，进行了体格检查，合格者即初步确定为准备移入对象，随后又进行了三天时间的观察。经观察后：一般无其变化者即最后确定为移入儿童。之后，我们考虑到由上海到我旗需经长途旅行，气候变化较大，上海较热，我旗较冷，在途中为了加强护理，保证儿童的一路平安，接运工作人员又进行了分组，分别组成保育组、医疗保健组和总务组，为孩子在旅途中准备了足够的食物和防寒衣被、用品等，从而进一步加强了途中的医疗保健和保育护理工作以及防寒保温工作。这一工作,由于沿途铁路运输部门的大力支持,前后只用了二十天的时间,即于10月8日将五十名移入儿童顺利接运到我旗,圆满完成了第一批接运任务。第二批接运工作是1961年11月12日从我旗抽调了两名人员和盟育婴院六人,共同于11月14日由盟安全接运到我旗三十名。

三、儿童接入后的抚育保健工作

儿童的抚育保健工作是一项很重要的工作,为了抓好这项工作,卫生行政领导亲自挂帅,深入育婴院解决具体问题,抓住了三环,即保育护理、营养、保健这三项工作。孩子接入初期,首先进行了体格检查,建立了健康卡片,根据儿童的健康情况,分别订立了保育护理措施。对工作人员制定了工作制度,执行了三班轮的交接班制度,因而进一步加强了工作人员的工作责任心和积极性。在营养上,我旗有较丰富的营养食物如黄油、乳粉、肉食、食糖,为了很好地调配这些食物,保证孩子在成长过程中有足够的营养,还配备了一名经过学习专做营养餐阿姨,每月换一次食谱,大孩子每日三餐,小的每日喂乳四次。并对患有蛔虫症的孩子及时使用了驱虫药、宝塔糖进行了打虫,因而使孩子们的体重普遍有所增长。据当时观察从1960年10月孩子接入后到1961年1月仅四个月中,最高体重增加了七斤,最低增加了二斤,平均每个孩子增加了三斤。在孩子的保健方面,指定了一名医生专做保健工作,并责成旗医院负责医疗,对孩子每日检温一次,每日量一次身长、体重。孩子患病后,采取了轻病就地治、重病入院治的办法,对危重的孩子,成立了抢救小组及时进行抢救。如患儿阿拉坦,患三度营养不良症,经会诊,医护人员夜以继日地看护,发动旗直属机关干部为孩子输血补液,抢救后转危为安,健康地交给牧民领养抚育。对患了传染病的孩子,专设了隔离室,由专人护理。为了加强预防,还进行了天花、百日咳等疫苗的预防接种工作。因而有力控制了传染病,二批中仅出现水痘十三名、痢疾六名,再没有出现其他传染病,保证了孩子们的身体健康。在保育护理工作方面,主要抓了孩子的清洁卫生、防寒保温工作,订立了清洗制度,大孩子每星期洗澡一次,洗头两次,衣服每天换一次,被褥每星期换一次,较小的孩子也做到了勤洗勤换,使孩子们保持清洁卫生。室内保持一定的温度,怕冷的孩子睡暖炕,因而孩子们身体状况普遍良好。保证了1960年、1961年前后接入两批八十名儿童除死亡五名外,其余全部健康成长。

四、移入儿童的下放工作

为了做好这一阶段的工作,事先将儿童的领养原则发予各地,大力开展宣传工作,为准备下放创造条件。接之于3月6日开始正式下放,至今第一批除死亡两名外,其余四十八名已全部下放,第二批除死亡三名外也已下放了二十四名,仅剩二名残疾不能下放(另外有一名已送盟)。领养手续由领养人持所在单位的证明,填写领养儿童申请表,经卫生行政批准后,自行选择自己所喜爱的孩子。并在下放时,针对当时物资供应较紧张的情况,为了保证儿童下放后,继续健康成长,经请示批准,以旗委财贸部的名义,统一发了领养儿童特殊供应证,规定每个下放儿童每月全部供应细粮外,并供应乳粉二斤、饼干二斤、食糖一斤,患病后医疗单位也予以优先接诊。这样,我旗的儿童下放工作进行得也比较迅速,初步解决了部分牧民缺少子女问题,为一进步发展与繁荣人口奠定了良好的基础。据了解,下放后都爱如亲生子女。

五、存在问题和缺点

1.保育人员的质量不高,责任心差,如我旗过去的保育人员中,由于都是采用的家庭妇女,文化程度低,有的甚至是文盲,因此保育知识低,质量不高,不能从主观意识上加强孩子的智力发育。由于是家庭妇女,因而政治觉悟不高,表现在工作上责任心差,不安心工作,在值班时不能尽到责任,发生孩子烧烫、掉床等事故。更有个别的偷吃孩子的乳粮饼干等。

2.育婴院的各项制度还不很健全,仅有一般制度,并对既定的制度也不能坚持贯彻执行,如物品管理没有请领手续制度、工作人员没有业务学习制度。既定的工作制度,如工作人员交接班制度、生活制度前紧后松,前一阶段交接班很清楚,生活也抓得紧,后一阶段也就松懈了。

3.儿童下放前虽做了一些准备工作,使孩子们初步习惯了牧民的生活习惯,但因忽视了培养孩子们对牧民应有的感情,因而有一些孩子在下放初期产生了恐惧情绪,怕牧民领养,见牧民就藏,不跟着走,但对牧民有了初步认识后也就不怕了,都主动拉着牧民的手要跟着走,这是今后需要吸取的经验。

4.这些孩子都是从气候较热的地方移来的,但在第一批由上海移入时已到了10月间。我旗和上海温度相差悬殊,上海穿单衣还热,而我旗穿棉衣还冷,由于时间不合适,因此孩子接入初期生病的较多,为此今后再接运时需考虑在每年夏季6至7月,这样温度差别不大,孩子也不受影响。

六、取得成绩的主要经验

1.加强党的领导,依靠党的领导。这是取得成绩的保证,如当儿童接运前后,以党委第一书记为首的各位书记、旗长、部长,经常深入探望孩子们的健康情况,并指示卫生科长亲自抓育婴院工作,当育婴院缺窗户玻璃、照明灯泡和取暖用煤时,党委就召开各单位负责人会议,想办法解决,结果邮电局基建准备的玻璃支援了育婴院;取暖用煤别的单位不予运输先给育婴院;照明灯泡由每个机关抽一个支援育婴院,都圆满地得到了解决,这都说明了党对孩子们的关怀和重视,因而取得了以上成绩。

2.各单位大力支持。这也是我们在移入儿童中取得成绩的另一条主要经验,如接运儿童过程中,铁路部门当听说是到内蒙古地区去的,即给孩子一节专车,孩子们吃不了硬食,专给做大米粥,上下车乘务员同志们也帮着抱孩子、拿东西,公路运输部门也派专车运输,因而使孩子在很短的时间内,得以一路平安地运到我旗,这与铁路运输部门的大力协助是分不开的。又如在儿童接运到我旗后,粮食部门全部供应细粮。在儿童刚接入时,由于粮食按量供应吃不饱,当我们把这个情况反映到旗委后,粮食部门即派人观察,证明确实按量不够吃时,即改为足量供应。商业部门也是在物资供应紧张的情况下,对孩子需要的一些饼干、糖球、肥皂、肉食、乳粉等物资满足供应,这些事例都充分说明成绩的取得是与各单位的大力支持分不开的。

3.做好移入儿童的营养、保健、保育护理等工作,这也是做好保证移入儿童健康成长工作的关键,这三项工作是互相联系、互相依存、缺一不可的,由于我们接入儿童后紧紧抓住了这三项工作,基本上保证了儿童移入后的正常发育,健康地下放予牧民领养抚育。

(有删改)

本书主编潘永明在新巴尔虎左旗采访"国家的孩子"

三千孤儿代表在上海东方卫视演播室（2021年）

1960年从南方接来的三千名孤儿，没有像1958年接来的三百零八名孤儿那样直接被分至收养的家庭，三千名孤儿没能立即见到他们的父母，而是被安置在接收前已经备好的育婴院和医院里养活了、养壮了，才找到他们厮守余生的那个家。例如，四子王旗接收的二十八名孤儿，就是由都贵玛等保育员养育了五百多个日夜后才被他们的养父母抱走的。五百多个日夜里，都贵玛等保育员日夜轮班照顾这些从饥饿的死亡线上挣扎出来的小生命，照顾吃喝拉撒睡、洗尿布，丝毫不敢懈怠，白班尚可，夜班时，只要有一个孩子哭闹，其他孩子就会被吵醒，保育员们往往忙得焦头烂额，累得精疲力竭。

羊羔失去母亲沦为孤儿时，羊羔的主人就会为它找一个新母亲，当羊羔有抵触、闹情绪而拒绝新母亲的哺育时，主人就会吟唱古老的曲调，在温馨的吟唱中，羊羔神奇地走向新母亲，跪在地上吮吸甘甜的乳汁。

那些收养了"国家的孩子"的人，有的卖掉自己心爱的坐骑或珍藏的头饰换回奶牛；有的把家里仅有的白面大米都留给"国家的孩子"，自己吞糠咽菜；有的同事、邻居，把粮本上自己都舍不得买的细粮让给收养"国家的孩子"的养父母！

1961年元旦，自治区主席乌兰夫到自治区医院和锡林郭勒盟的育婴院看望婴幼儿并赠送慰问品。

三千孤儿移入内蒙古的整个过程，乌兰夫同志倾注了太多心血，他动员了全内蒙古的力量倾心三千孤儿。

1997年，中央党史出版社出版《乌兰夫与三千孤儿》一书，乌兰夫之子布赫（曾任内蒙古自治区主席、全国人大常委会副委员长）题写了书名，时任内蒙古自治区党委副书记的乌云其木格（后任内蒙古自治区主席、全国人大常委会副委员长）同志在为此书作的序中写道："我读了《乌兰夫与三千孤儿》一书的文稿，或许因为我也是女人和母亲的原因，书中那一个个感人肺腑、动人心弦、催人泪下的故事，使我的心情很久不能平静。多年来从事宣传工作，讲爱国主义，讲民族团结，讲全心全意为人民服务,讲中华民族的传统美德,讲学习老一辈无产阶级革命家的高尚情操,讲人道主义……把书中的故事串联起来,不正是这样一首朴实无华的诗章吗!"

"乌兰夫同志拯救三千孤儿的义举和内蒙古人民为国分忧的崇高爱国主义思想,正是我们中华民族传统美德的凝聚,更是民族团结的壮丽诗篇。他们不仅在全国各族人民中传为佳话,也为后人树立了光辉的榜样。"

2006年,乌兰夫一百周年诞辰。遍布内蒙古一百一十八万平方公里的三千孤儿们纷纷涌向呼和浩特、涌向乌兰夫纪念馆。互致问候嘘寒问暖之际,他们惊奇地意识到,自己已经是人类历史上偌大的一个家庭的成员:这个由他们这样的三千个孩子为基础成员的家庭,串联起了他们的养父母、他们、他们的孩子以及孩子的孩子千千万万个家庭。

这个大家庭的缔造者无疑是乌兰夫。因为,在这些"国家的孩子"的心目中,乌兰夫是他们共同的亲人、恩人。

"国家的孩子"们自发纪念乌兰夫一百周年诞辰的活动持续了三天,缅怀现场,有人长久默哀、有人低声抽泣、有人长跪不起、有人失声痛哭……

三千孤儿入内蒙古,是一场跨越地域的大爱!

内蒙古自治区档案馆编研室原主任钱占元考证,三千孤儿中,来自上海的有一千八百多名,来自浙江、江苏、安徽的有一千二百多名。而接收三千孤儿的内蒙古,几乎动用了全部的力量,接收的地区多达十个盟市三十七个旗县。

三千孤儿入内蒙古,是一场跨越民族的大爱!

内蒙古的民政干部、卫生干部、医生、护士、护理员、保育员们千里跋涉从南方接走三千孤儿时,当地公安部门为孤儿们出具的集体户口迁移证上,绝大多数孩子没有姓名只有编号,民族均为汉族。三千孤儿入内蒙古后,拥有了自己的名字,他们的姓,有的随父母,有的随党,有的随国,他们的民族却是汉族、蒙古族、满族、回族、朝鲜族、达斡尔族、鄂伦春族、鄂温克族……

三千孤儿入内蒙古,是一场跨越血缘的大爱!

三千孤儿入内蒙古迸发出的人间大爱,已由老一辈革命家传递给了内蒙古千千万万的干部职工农民牧民,传递给了收养三千孤儿的父母,传递给了在草原上长大成人的三千个"国家的孩子"和他们的孩子,并将绵延不绝历久弥新。以养育"国家的孩子"为主题的电视连续剧《静静的艾敏河》热播时,无数观众在地图上苦苦寻觅艾敏河却一无所获。于是,他们纷纷猜测艾敏河究竟是哪条河。是根河,还是莫日格勒河?是克鲁伦河,还是额尔古纳河?他们哪里知道:"艾敏河"的寓意是"生命之河"——三千孤儿的生命在那里延续,流淌在他们和他们子孙后代身旁的那条河就是艾敏河!

母亲

都贵玛：人民楷模

祁瑞军｜文　发自乌兰察布市

2019年9月29日，北京。

9时许，国家勋章和国家荣誉称号获得者集体乘坐礼宾车从住地出发，由国宾护卫队护卫前往人民大会堂。人民大会堂东门外，高擎红旗的礼兵分列道路两侧，肩枪礼兵在台阶上庄严伫立。

这天，中华人民共和国国家勋章和国家荣誉称号颁授仪式在人民大会堂金色大厅举行。

在现场青少年热情的欢呼声中，七十七岁的都贵玛头戴亮黄色头巾，身着蓝色蒙古袍，束着腰带，精神矍铄地沿着红毯拾级而上。

时空交错，音画叠加，每迈出一步，都贵玛都倍感陌生又亲切。步步回想，老人的思绪再次回到了那片让她魂牵梦萦的地方。

1942年，都贵玛出生于现内蒙古乌兰察布市四子王旗脑木更苏木的一个普通牧民家庭。都贵玛七岁那年父母去世，她被姨妈带大，从小放牧、挤奶、剪羊毛、打草，逐渐成了远近闻名的劳动能手。1961年，都贵玛被招进四子王旗保育院从事保育工作。当时，上海、江苏、浙江、安徽等地的三千名孤儿刚刚来到内蒙古。其中，有二十八个孩子被分配到四子王旗。

同样是幼年丧亲，都贵玛对这些孤儿怀着特殊的感情。都贵玛说："我过去一看，大多是两三岁的孩子，有的就几个月大，我当时觉得这个工作完成起来真的很难。但是一看到这些孩子那么小就没有了父母，来到千里之外的内蒙古，我心生怜悯。党和国家把'国家的孩子'交给我，我有义务抚养他们。"

想法是好的，但顾虑也不是没有。牧场的羊群怎么办？年迈的姨妈谁来照料？尚未结婚的自己是否有能力抚育这些孩子……双亲早逝，从小与羊群为伴，都贵玛知道失去母亲的羔羊有多可怜，看着眼前嗷嗷待哺的孩子，都贵玛决定：无论如何，先接下这个担子。

在蒙古包里，都贵玛把孩子们的床摆成圆形，自己睡在中间，年龄小的就挨自己近一些。有时旁边的孩子哭了，都贵玛又累得起不来，就伸出手轻轻拍拍。

孩子们也有乖巧的时候，那时周遭的一切都安静下来。都贵玛就想着，不知何时他们才能长大成人，将来会是什么模样，会不会成为一个有用的人……

就这样，十九岁的都贵玛成为二十八个孩子的母亲。

"都贵玛，人民楷模，民族团结进步模范的代表，主动收养二十八名孤儿，精心研习医术，挽救四十多位年轻母亲生命，用半个世纪的真情付出，诠释了人间大爱。"

雄浑的颁奖词声音回荡在2019年9月29日的人民大会堂上空。在雄壮激昂的《向祖国致敬》乐曲声中,习近平总书记为都贵玛颁授奖章,并同她亲切握手表示祝贺,全场响起热烈的掌声。

眼前,一位少先队员走向都贵玛,他的手里捧着美丽的鲜花。

都贵玛泪眼朦胧,一声声母亲从脑海中传来,一个个身影跌跌撞撞奔向自己。

"母亲,这是我送您的花。"

这是一束长在四子王旗草原上的小花,淡蓝色、浅黄色的花瓣挤在一起,凑成了孩子手中的花束。

"谢谢我的呼和。"都贵玛接过孩子手里攥得潮乎乎的花柄,亲吻了他的额头。

呼和是二十八个孩子中令都贵玛印象最深的一个。

刚来保育院的时候,呼和还不会走路,瘦得像只小羊羔。正是学说话的年龄,呼和叫出第一声"母亲"时,都贵玛的脸一下子红了,她抱起呼和,呼和的小脑袋使劲往她的怀里钻,都贵玛被这一幕深深触动了。

1961年春夏之际,当地没有子女的牧民家庭开始陆续收养这些孤儿。每个家庭来领养孤儿时,都贵玛都要逐个介绍孤儿的身体情况、个性和习惯,交代抚养方法、注意事项。

每送出一个孩子,都贵玛都会让领养家庭为孩子准备新衣服,孩子沐浴后穿上新衣走向新的家庭,意味着迈向新的生活。

呼和快三岁时,领养他的家庭确定了下来。一天中午,呼和刚从午睡中醒来,冲着都贵玛叫母亲,她抱起呼和使劲亲了亲,介绍前来的斯仁敖登夫妇:"这是你的父母,跟他们回家去吧!"

都贵玛叮嘱斯仁敖登夫妇:"呼和肠胃不太好,喂牛奶的时候要兑三分之二的水;呼和爱吃肉,可是不能给他吃太多……"之后,便跑到保育院后面的山坡上偷偷抹眼泪。整整一下午,都贵玛不敢回到保育院去。

黄昏时分,躲在山坡上的都贵玛看着斯仁敖登夫妇带着呼和赶着勒勒车出了保育院的大门。他们顺着蜿蜒的小路越走越远,渐渐消失在夕阳下的草原深处。

二十八个孩子,这样的别离,都贵玛经历了二十八次。在都贵玛的精心照顾下,二十八名孤儿没有一个因病致残,更无一人夭折,在那个缺医少药又食不果腹的年月,创造了一个奇迹。

都贵玛有一个小本,上面记着孩子们刚来时的名字,后来的日子里,但凡听到孩子们的消息,她都会记在本子上。几十年来,本子越换越厚,积累的都是沉甸甸的思念和关怀。

如今,有了智能手机,老人跟孩子们建了聊天群,住得近的经常互相串门,就像一家人一样。

"不管我的孩子多老了,他们始终都是我的孩子,跟亲生的一样,我爱他们,孙辈们也一样。这份感情，会一辈子在我心里的。"都贵玛动情地说，"国家给我颁发荣誉奖章，我衷心地高兴。我们内蒙古（自治区）的母亲们抚养了'国家的孩子'，这是历史的丰碑，是促进民族团结的一段历史。"

《国家的孩子》《静静的艾敏河》作者萨仁托娅第一次见到都贵玛
（萨仁托娅供图）

萨仁托娅采访都贵玛（萨仁托娅供图）

都贵玛和她抚养过的"国家的孩子"孙保卫(孙保卫供图、于洋搜集)

都贵玛和她抚养过的"国家的孩子"扎拉嘎木吉(右一)(扎拉嘎木吉供图、于洋搜集)

张凤仙：六个孩子的"母亲"

祁瑞军｜文　萨仁托娅｜图　发自锡林郭勒盟

眼前，是一片完全陌生的世界。

听不懂大人们说的话，也吃不惯满嘴膻味的羊肉。即使这些叔叔阿姨们百般关心，他们也觉得这里不是自己的家。

今天，黄志刚和毛世勇又把巴特尔、党玉宝、高娃、其木格叫到一起，六颗小脑袋围成一圈，嘀咕着心事。

"咱们跑吧，离开这个地方。"

"又在悄悄说什么呢?"一句慢声细语的问话，打断六个人的逃跑计划。

"红脸阿姨，红脸阿姨来了!"孩子们雀跃着围拢上去。

"红脸阿姨"掏出几块糖，塞到这几张刚才还在合计逃跑计划的小嘴巴里，甜蜜的味道冲散了小家伙们的想法。

这里是1961年的内蒙古自治区锡林郭勒盟镶黄旗哈音哈尔瓦公社。卫生院旁边的学校里来了几个南方娃娃，在卫生院工作的"红脸阿姨"张凤仙每天都要过来看看他们。

六个孩子已经取了新的名字。他们大多数营养不良，毛世勇面黄肌瘦，像只生病的小猫，张凤仙就叫他"小猫"；六个人中年龄最小的高娃，头上长着疥疮……

张凤仙很喜欢这些小家伙，公社干部告诉她，这些孩子都是从南方来的孤儿，是"国家的孩子"。已婚未育的张凤仙和丈夫道尔吉商量："咱们收养一个孩子吧。"

入冬前的一天，张凤仙和丈夫去领养孩子。六个孩子把她围在中间，公社干部问她："你要收养哪一个?"

看看这个，摸摸那个，看着六张扬起的小脸，张凤仙哪一个都舍不得丢下。

"六个，我全要了，一定能养好!"

丈夫道尔吉听到妻子说的话，吓了一跳："六个孩子，半个'战斗班'呀!"

两个人很快就统一了意见，把孩子们全领回了家。就这样，像待哺的羔羊，小家伙们找到了母亲；像小鸟归巢，孩子们有了一个家。

而张凤仙一承诺，就是一辈子。

把孩子们领回来之后，张凤仙就像其他领养孩子的母亲一样，时刻为孩子们操心。

孩子们刚开始吃不惯馃条和炒米，张凤仙把家中的面换成米，做米饭给孩子们吃；孩子们喜欢吃饺子，张凤仙向别人学习怎么包饺子；孩子们逐渐爱上了奶茶和羊肉……孩子们逐渐融入家庭，融入当地。

唯一和其他母亲不同的，是张凤仙不让孩子们叫自己"母亲"。

这不是因为她不爱孩子，而是因为她和丈夫都是党员，她觉得照顾好"国家的孩子"是党员的使命。此外，张凤仙也为孩子们着想。她一直希望将来有一天孩子们还能够和亲生母亲相聚。

孩子们嘴上不叫母亲，但张凤仙每天都在尽一个母亲的职责。白天总是洗洗涮涮，到了晚上就缝缝补补，因为孩子们实在太调皮，和山羊顶角、和牛犊摔跤，每到晚上回家就成了小泥人。

张凤仙夫妇收养孩子那年，由于粮食紧缺，都是定量供给口粮。虽然如此困难，但张凤仙依然按时按量将一日三餐端上桌子给孩子们吃。

渐渐地，孩子们结实了，毛世勇的耳朵不再流脓了；其木格头上的疥疮被治好了；为了祛除高娃头上的虱子，张凤仙干脆给她剃光了头，然后包了一个漂亮的红头巾。

还有一件更重要的事，张凤仙和丈夫一直放在心里，那就是让孩子们上学。

张凤仙省吃俭用、创造条件让六个孩子读了书。孩子们也争气，个个都有出息。巴特尔考上了大学；黄志刚在当地上了班；党玉宝和毛世勇参了军；其木格在邮电局工作；高娃考进了南开大学。孩子们长大后全部都选择回到当地，成为内蒙古的建设者。

1991年，积劳成疾的张凤仙住进了医院，六个孩子守在病床前。弥留之际，张凤仙叮嘱老大巴特尔："我还是希望你们回上海找找亲生父母。"

巴特尔紧紧握着张凤仙的手，含泪说道："我们不找了，内蒙古就是我们的家，您就是我们的母亲。"

张凤仙

张凤仙的丈夫道尔吉

张凤仙夫妇

张凤仙一家

孩子们都长大了

张凤仙

芮顺姬：为了"国家的孩子"

祁瑞军 | 文　发自锡林郭勒盟

五十多年前，他们出生在上海、安徽、江苏常州及周边那片鱼米之乡，后来他们像蒲公英一样被吹落至全国各地。列车载着他们穿过南方湿热的炎夏，然后转汽车、勒勒车甚至马背，行进在向北的大地上。他们被统称为三千孤儿，但在内蒙古，他们有一个更加响亮的名字——"国家的孩子"。

五十多年中，他们在党和国家的关怀以及草原父母的庇护下长大、上学、工作、成家。是党和国家赋予他们第二次生命，让他们成长为英武的巴特尔和美丽的高娃。

五十多年后，《内蒙古民政》记者几经辗转，在锡林郭勒找到了当年三千孤儿中的国氏三姐妹——国秀梅、国秀琴、国秀霞，以及抚养她们长大的锡林郭勒盟社会福利院职工芮顺姬老人，还有当年亲历收养事宜的锡林郭勒盟社会福利院原领导。多方还原，重寻那段内蒙古民政系统与三千孤儿之间的血乳之缘。

身　世

"据我母亲（芮顺姬）说，我们于1960年被接到锡林浩特。我、国秀霞、国秀琴和瘫痪的哑巴妹妹分别被送到盟防疫站的几个人家。他们抚养一个多月后发现我们不能动，就将我们送回阿巴哈纳尔旗（现锡林浩特市）民政局，民政局就雇了两个阿姨抚养我们。到了1964年5月7日，民政局根据我们的情况，雇了我们现在的母亲（芮顺姬）一直抚养我们。"

——摘自国秀梅《我的成长经历》，有删改

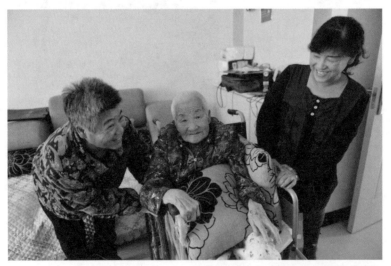

国秀梅（左）、国秀霞（右）与母亲芮顺姬

在1964年之前,芮顺姬和国氏三姐妹的生活没有交集。

为了躲避战乱,芮顺姬的父母决定带着她离开故乡。那一年,十三岁的芮顺姬和家人洒泪告别汉城(今韩国首尔)附近小镇上的家,跨过鸭绿江来到中国。

一家人首先落脚在吉林省延边朝鲜族自治州,在中国这个第二故乡,芮顺姬长大、结婚、生子,并于1959年加入中国共产党。

1964年,三百三十八名来自上海、江苏常州的婴幼儿已经在锡林郭勒生活了四年。其间,那些身体健康的孩子已经被牧民领养回家,最后只剩身患残疾的四个小女孩无人领养。

四个小女孩中,有三个便是现在的国氏三姐妹,只不过她们当时还不叫现在的名字。那时,她们分别叫乌云、斯琴和图雅。四个小女孩中年龄最小的"哑巴妹妹"因医治无效夭折。

"1964年以前,阿巴哈纳尔旗民政局找人代养我们姐妹几个。可我们到了四五岁还不会走路,谁也不愿意抱养残疾的孩子呀,就把我们送回了民政局。"国秀霞说。

这一年,芮顺姬扶老母、携幼子,从延边辗转兴安盟来到锡林浩特。一家人举目无亲,生活尚无着落。就在一筹莫展之时,阿巴哈纳尔旗民政局的同志找到芮顺姬,说明想雇她来抚养这几个残疾孩子的来意。

芮顺姬当时就同意了。已为人母的她看到孩子们当时的境况实在心疼。就这样,芮顺姬来到孩子们身边,再也没有分开。

年轻时的芮顺姬(后排左)与家人

成　长

　　"经过母亲的精心照顾,我和国秀琴七岁以后可以下地拄拐走路,国秀霞不用拐杖也能下地了……我和国秀琴、国秀霞在十二岁时到第三小学上学,母亲天天接送我们上学、做饭,为我们缝缝补补,二十四小时和我们在一起。"

——摘自国秀梅《我的成长经历》,有删改

　　与多数"国家的孩子"一样,国氏三姐妹对故乡与亲人的记忆,只有些许模糊、残缺的碎片,或者连碎片都不存在。在她们的记忆中,芮顺姬才是挚爱的亲人。

　　由于姐妹三人都是小儿麻痹后遗症患者,一步路都走不了,更是下不了炕。她们吃饭、喝水、玩耍,甚至大小便都只能在炕上。芮顺姬一把屎一把尿地拉扯着三个孩子,性情温和的她从来没有对孩子们发过火,把她们照顾得无微不至。

　　相比日常照料,更困难的是温饱问题。"三年困难时期"余悸未消,家里又多了三张要吃饭的嘴巴。芮顺姬每天一睁眼就要想着怎么填饱孩子们空瘪的肚子。

　　好在还有阿巴哈纳尔旗民政局的照顾。"当时给我们姐妹三人每人每月十元的生活补贴,这可帮了大忙了。为了照顾我们,还把我们的粗细粮比例由7∶3改成3∶7。在那个年代,要让我们吃好穿暖不是一件容易的事,妈妈每天不管多累,晚上睡到半夜就起来脱土坯。她总对我们念叨,每天能脱一百五十块土坯,一块可以卖一分二厘钱,每天就多了一元八角钱的收入,就可以给我们做点好吃的了。有党和国家的照顾,有妈妈精打细算地经营,一家人的日子就这么磕磕绊绊地过来了。"国秀霞说。

　　时光流转,日子来到1971年。三姐妹的两个已经十二岁,最小的也十一岁了。看着别人家的孩子早都上了学,自己的三个女儿也得念书识字呀。芮顺姬领着孩子们找学校,好不容易在离家最近的第三小学让孩子们上了学。

　　国秀梅和国秀霞可以自己拄着拐走路上学,可国秀琴双脚残疾,架拐走路十分困难。"我走路不方便,妈妈就背我,从上小学的第一天起,一直背我到初中毕业。因为我们的腿都畏寒,上学时妈妈从不让我们住校,说学校睡的床板凉,家里的炕才是热的。"就这样背着一个,领着两个,三姐妹在芮顺姬的艰难付出中读完了中学。

　　除了芮顺姬,阿巴哈纳尔旗民政局一直没有停止对三姐妹一家人的关注与照顾。时任阿巴哈纳尔旗民政局局长的杨国兴吩咐当时的旗社会救济院负责人王锁柱,要经常去三姐妹家看看有没有需要帮助的。

　　2015年,锡林郭勒盟社会福利院(前身为阿巴哈纳尔旗社会救济院)原院长王锁柱回忆称:"那是1973年9月,虽说当时孩子们都上了学,但芮顺姬的家庭条件不怎么好。我回来和局长说明了情况,买了布匹给她们做被褥、炕毡。孩子们当时还不叫现在的名字,我提议说,你们都是'国家的孩子',那么你们姐妹几个都姓国吧。"

1974年,在一次慰问活动中,杨国兴和王锁柱向阿巴哈纳尔旗委书记汇报了芮顺姬和国氏三姐妹的情况,并提出可否将芮顺姬由临时工转为民政系统的正式职工。旗领导非常重视,经过调查了解后,第二天就安排劳动部门找王锁柱落实了此事。

这一年,是芮顺姬抚养国氏三姐妹的第十个年头,她从一名阿巴哈纳尔旗民政局的临时工,变成该旗社会救济院的一名正式职工。

国氏三姐妹与芮顺姬

安 定

"妹妹国秀霞1979年到福利旅店工作,国秀琴因腿脚不好一直在家。到了1981年……把我们(国秀梅、国秀霞)安排到锡林郭勒盟社会福利院工作。我们干的是护理员的工作。"

——摘自国秀梅《我的成长经历》,有删改

1979年,国氏三姐妹中年龄最小的国秀霞初中毕业。

"那年我十九岁,不上学了,这么大的姑娘也不能整天在家坐着吧。阿巴哈纳尔旗民政局了解情况后,把我安排到当时的福利旅店做开票的工作。"

由于三姐妹的身体状况特殊,阿巴哈纳尔旗民政局把国秀梅和国秀霞安排到社会福利院做护理员。这一年是 1981 年。三姐妹中的老大国秀梅和老三国秀霞成为社会福利院的正式职工,老二国秀琴也成家立业,过上了自己的小日子。可以想象,已经把三姐妹视为己出的芮顺姬,看到孩子们长大成人,有了工作,成了家,心里该是多么地踏实与高兴。为了三姐妹,操劳近二十载的芮顺姬于同年 8 月在锡林郭勒盟社会福利院办理手续,安然退休。

2015 年 1 月,记者在锡林浩特见到了九十一岁高龄的芮顺姬。遗憾的是,老人一年前突发脑出血瘫痪在床,已丧失语言能力。不过,老人精神状态很好,三姐妹经常过来照看,逢年过节,一大家子人欢聚一堂,其乐融融。

心　愿

"想到我的成长过程,我首先感谢乌兰夫主席把我们接到内蒙古……同时感谢我们的母亲芮顺姬,正是她牺牲了自己的青春,付出了一生的心血将我们抚养成人。"

——摘自国秀梅《我的成长经历》,有删改

现在,国秀梅和国秀霞已经退休在家,每人每月有三千多元的退休金,她们各自的孩子们也都长大,有的已经参加工作。

国秀梅和国秀霞现在住在锡林郭勒盟社会福利院提供的楼房内,两家住上下层,方便彼此照应。国秀琴和丈夫在锡林浩特市区居住。三个毫无血缘关系的姐妹,在锡林郭勒民政系统的关照下,在芮顺姬身边一起长大,亲如一家。

1996 年和 1997 年,国秀梅和国秀霞分别应东方卫视之邀,前往上海录制了寻亲节目,但播出后毫无结果。

"不回去了,也不找了,这么多年了,我们早就把这里当成了自己的家。"

"感谢国家、感谢民政系统、感谢母亲的照顾",这是国氏三姐妹常挂在嘴边的话。在国秀梅提供的一篇她写的《我的成长经历》一文中,对国家、家乡和芮顺姬的感激之情溢于字里行间。

张淑珍：女儿和儿媳都是"国家的孩子"

潘永明｜文　李炳辰｜图　发自锡林郭勒盟太仆寺旗

"我嫂子也是'国家的孩子'。"

锡林郭勒盟太仆寺旗的张淑珍老人的女儿孙海兰、儿媳妇于瑞萍都是"国家的孩子"。

孙海兰的哥哥孙海明告诉我们，老人跟"国家的孩子"感情很深。

孙海兰户籍上记载的出生日期是1959年11月1日，被养父母领养的确切日期已无法考证，只知道领养的地点是锡林郭勒盟医院。孙海兰被张淑珍领养时，家里已经有一个哥哥孙海明。"我哥哥也是抱养的，比我大一岁。"孙海兰快人快语。

刚刚抱养了儿子孙海明的张淑珍又收养了"国家的孩子"孙海兰。自己没有工作，家里一下子添了两张小嘴，张淑珍只有省吃俭用。好在丈夫在公安局工作，收入还算稳定。眼瞅着儿子和女儿双双长大，儿子在运输公司上了班，女儿也到一个林场工作，张淑珍满心欢喜。

1977年到林场插队的知青孙海兰，因为是"国家的孩子"，受到了格外的照顾。重活累活都不让她干，她只干了两年剪树枝、做饭之类的轻活儿就被安排到知青厂的招待所。

孙海兰从父亲那里得到了比哥哥更多的父爱，对此她颇为得意，也很思念已过世的可敬的养父。母亲经常生病，孙海兰现在把对养父母所有的感激之情倾注于母亲身上。

"我和上海有缘分，我是上海的孤儿，从上海来到了内蒙古。我的三个孩子，有两个从内蒙古去了上海。"孙海兰的大女儿在上海市公安局工作，儿子在上海开了一家旅游公司，只有小女儿留在身边，在锡林郭勒盟医院工作。

"如果能找到上海的亲人，你还回去吗？"面对这样的提问，孙海兰若有所思。"如果能找着，见一见也好。不过，上海我是不回去了，我的根已经扎在了这里，养父母比亲生父母还疼我，母亲已经八十五岁了，我咋舍得离开呢？"

与小姑子对自己上海身世一无所知相比，嫂子于瑞萍不仅知道自己的原名叫常凤，还知道亲生父母的姓名和自己准确的出生日期。于瑞萍于1961年9月14日被内蒙古的养父母收养时，身上带着一块牌子，以上的内容在牌子上记载得清清楚楚、明明白白。"我是有档案的上海孤儿。"于瑞萍觉得自己比同来的小伙伴们幸福。

不过，刚被内蒙古的养父母收养时于瑞萍却并不幸运，因为她的腿伸不开。为了让于瑞萍能够像其他健康的孩子一样站起来蹦蹦跳跳，经过养父的细心呵护，小于瑞萍奇迹般地站了起来，后来健步如飞，能够担水做饭。再后来，家里又添了一个比她小十二岁的弟弟，一家人其乐融融。

　　高中毕业后的于瑞萍被分配到运输公司当售票员，和同单位的乘务员孙海明结为伉俪。他们的女儿工作称心，生活幸福。

　　"养父对我好，为了我宁可自己吃苦受罪；养母对我好，自己舍不得吃的都给我吃；婆婆对我好，老人对上海孤儿有特殊的情感。"

张淑珍　　　　　　孙海兰　　　　　　于瑞萍

张淑珍老人与孙海明、于瑞萍夫妇

张淑珍夫妇年轻时，孙海兰、孙海明儿时

傅秀光：九十三岁仍灿烂

潘永明｜文　李炳辰｜图　发自呼伦贝尔市

"我是给点雨露就滋润，给点阳光就灿烂。"呼伦贝尔市海拉尔区健康街益居家园小区内，在爽朗的笑声中，"国家的孩子"宫海英的养母傅秀光侃侃而谈。如果移去近前的轮椅，你绝对不会相信眼前的老人已九十有三。

"傅秀光，傅是这个'傅'，不是这个'付'，经常有人写成'付'。"老人一边在纸上写着，一边做着自我介绍。

领略过老人的认真、细致，我们的话题转到了老人的女儿——"国家的孩子"宫海英身上。

"宫海英真实的出生日期是1960年6月1日，身份证上的出生日期是1960年12月16日。1961年8月，被我们家从呼伦贝尔盟医院抱养。"六十多年过去了，老人记得清清楚楚。

傅秀光回忆说，她年轻时下乡被蛇咬过，导致不能生育。1961年，傅秀光得知一批上海孤儿来到呼伦贝尔的消息，赶紧到自己所在的食品公司开证明，拿着单位的证明到盟卫生局开了证明才能到盟医院领养孩子。当时，医院里有五六十个孩子，有站着的、有躺着的，经历了饥饿和长途颠簸，孩子们个个都面黄肌瘦。尽管如此，自打傅秀光进门，幼小的宫海英的目光始终没有离开她，就是这短暂的凝视，注定了两人的母女情缘。

听说宫家收养了"国家的孩子"，街坊邻居都来看，看到骨瘦如柴的孩子，年轻的悄悄说"够呛能活"，年长的安慰说"好好抚养"。当时傅秀光想，育婴院有言在先，说可以换，可抱了一夜后，夫妻俩铁了心，丈夫宫桐椿操着一口天津口音说："不换！不换！有嘛病，治嘛病！"妻子傅秀光语气更坚定："抱回来就是亲生的。"

羸弱的宫海英被送到天津儿童医院检查治疗后被安置在天津的奶奶家，傅秀光被单位特批了半年假照顾孩子。半年后，一个健壮活泼的宫海英回到了海拉尔。

宫家夫妇要上班，宫海英被托付给邻居王叔叔家，由王叔叔和王婶婶老两口照顾。当时是供给制，每家粮本上的供应粮有限，细粮更是少得可怜。为了让宫海英有鸡蛋吃、牛奶喝，宫桐椿和傅秀光所在单位的领导、同事纷纷把鸡蛋票、牛奶票奉献出来，还把粮本上的白面让给宫家。牛奶、鸡蛋、白面面片把"国家的孩子"宫海英养得壮实了。

直到现在，傅秀光还清楚地记着宫海英上幼儿园时的情形：头几天，宫海英还有点新鲜劲，几天过去，新鲜劲没了，到幼儿园就开始哭闹，傅秀光藏在幼儿园门口偷听，直到听不到女儿的哭声才放心离去。

宫海英的乳名叫小燕子。傅秀光老人说，小燕子是吉祥物，宫海英姨姨家有八个孩子，之前傅秀光很是羡慕，如今自己家有了南方飞来的"小燕子"，叽叽喳喳,很是热闹。

幸福快乐的小燕子并非一路无忧无虑,小燕子该上学了,可父亲却工作不顺,母亲也被从公司调到肉店。在肉店上班的母亲上班时带着小燕子,总是出差的父亲一有机会就把小燕子带到天津的奶奶家。

然而,中学毕业后的宫海英却有好长一段时间闷闷不乐。同学们私下议论,说宫海英是上海孤儿,是被抱养的。宫海英向母亲求证时,母亲一口否认,说宫海英是亲生的。后来,姨家的孩子告诉她:"你的确是被抱养的。"长大了的宫海英找到母亲的同事探究后证实:自己真是被抱养的!

宫海英的烦恼很快被参加工作和结婚成家冲淡了,被安排到海拉尔生资日杂土产公司工作的宫海英与在毛纺厂工作的宋涛有了自己的家,一儿一女也茁壮成长。现在,他们的儿子当了导游,女儿在北京工作。

嫁出去的宫海英只在婆家待了三个月,就同丈夫一起回到了娘家,一直待到与我们见面的2021年。在宫海英的记忆中,满满的都是父母的疼爱,是上幼儿园、小学的接送,是在自行车上驮着去公园,是母亲一针一线为自己做衣服,是与母亲

宫海英

宫海英

傅秀光与宫海英

宫海英

傅秀光

怄气时父亲的劝导和安慰。连街坊邻居的长者都会常给她讲:她小时候眼睛睁不开,眼皮不能上睁,父母就抱着她看太阳、看鸟、看飞机;她很大了还不会说话,父母就成天教她唱歌,使她终于能够开口讲话。

乌有反哺之义,羊有跪乳之恩。

尽管宫海英总是惋惜地说不知怎么报答父母的养育之恩,但是傅秀光说女儿、女婿、外孙都非常孝顺,她已经得到了十二分的回报。

耄耋之年的傅秀光腿脚不便,怕她待在家里憋闷,宫海英养了两条狗,一条边牧、一条泰迪,已经养到十二岁;还养了两只鸟,一只红壳、一只黄雀。

傅秀光也感到很满足。十六岁时,她带着三个妹妹躲避战乱。1948年,她给沈阳军区军需处织毛线、织毛袜。1949年,她参加工作后演话剧、参加合作社,后被政府秘书科调去管理文件,为了胜任工作,她认字、写字,整天抱着一本字典学知识,后来能写一手整齐娟秀的钢笔字,还能刻蜡版、读报纸。"有了这样的经历,再看着祖国的变化,感受着子孙辈的孝顺,太幸福了。"

刚退休那阵,傅秀光唱歌、跳舞、写日记。她所在的合唱团参加文化和旅游部

宫海英(左一)

宫海英的结婚照

宫海英的儿子

举办的老年合唱比赛,唱到了无锡,唱到了威海。

"上海、广州、苏州、大连……祖国美丽的山河,我转了个遍。看门球比赛,我追到满洲里、达赉湖。九十岁那年,外孙开车带着我上北京,去呼伦贝尔看贝尔湖,我知足了,我永远不忘党的恩情,永远跟党走。"

握别老人时,老人意犹未尽!

宫海英的女儿和女婿

宫海英

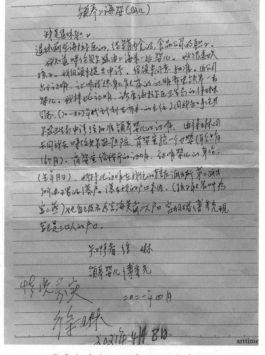

傅秀光手书的领养说明(傅秀光本人提供)

宫海英的养母

宫海英的养父

宫海英

宫海英

宫海英

宫海英

"国家的孩子"的养父母照片集

陈亚茹的养父陈士和

陈亚茹的养母张凤英

郭淑芳的养母苏玉莲

郭淑芳的养父

德吉德斯仁的养母

德吉德斯仁和养父

阿拉腾陶格斯
与养父额尔登毕力
格、养母额尔登少

德吉德斯仁的养父母

敖登高娃的养母

代小的养母与代小

包玉莲的养父母

包凤英与养父敖门仓、养母陈秀琴

包金花的养父母与包金花

陈再梅的养父母

池玉英与养父母

额尔登的养父母

呼群与养父母

黄瑞莹与养父母

李广华与养父母

李荣与养父

李来芳的养母

李秀峰的养父母

李桃三与养父母

苏亚拉其其格的养父母

马红霞的养父母

苏亚拉其其格与养母

李亚萍的养父母

王梅英与养父母

毛杰一家

刘金凤一家　　邱桂荣与养父母

乌吉莫的全家福

甜梨一家

图雅的养父

王华与养父

田慧的养父母

王东方的养父母

乌云与养父孟克敖其尔、
养母央金斯仁

王兴丽与养父王振
荣、养母薛兰英

吴秀珍与养父吴明成、养母艾玉兰

希吉日养父乌力吉巴雅尔、养母敖登高娃

闫晓海兄弟们与养父闫子厚

杨春艳与养母任素琴

云月仙的养父云中和

云月仙的养母王兰兰

张斌与养母任芝花

杨秀清与养父杨殿武、养母卜桂珍、外婆

孩 子

梁引梅:盛开的梅花

于洋　文 | 图　发自呼和浩特市

"我在呼和浩特市长大,六七岁的时候就知道了自己的身世。由于父母太爱我,我一直都认为他们就是我的亲生父母!"一见面,梁阿姨就快人快语地说起了自己的身世。

梁引梅是1960年坐火车从上海来到内蒙古的三千名孤儿之一,当年乘着北上的火车来到内蒙古的她先是和其他的孩子一起被统一送到保育院精心照顾了一段时间,然后一位叫梁振家的中年男子和他爱人带着从民政局开的证明将她领养回了家。

"我妈一直记得第一次见到我的情形,她和我爸刚走进屋里就立刻被一个眼睛大、看上去不到两岁、刚会走路的女孩儿吸引了目光。本想领养一个男孩儿的妈妈本能地伸出了双手,我马上咿咿呀呀举着小手蹒跚地向她走过去,她不由自主地向前两步,抱起了我,从此结下了一辈子的情缘。"

三十八岁的梁振家是1953年从山西来到内蒙古的支边干部,爱人是一位朴实的制鞋厂工人,两个人结婚十多年一直没有孩子,而这个手上戴着上海父母给她留下的唯一纪念——一对银镯子的女孩儿被夫妻二人兴奋地抱着,离开医院向家走去。保育院的档案里,只记录了她的出生年份——1959年。

初冬的天空,飘下零星的雪花,就像一朵朵寒梅在迎风开放。梁振家看着天空给女儿起了一个好听的名字——梁引梅。他们把女儿的出生日期确定在接她回家的这一天,从此,梁家的户口上有了第三页:长女梁引梅,生于1959年11月16日。女儿的到来让时间变得飞快,一家三口其乐融融,生活充满了欢乐。

大约在三岁的时候,梁引梅被确诊为软骨病和肺结核,为了让她的身体恢复健康,妈妈辞去在当时令人羡慕的工作。因为体质差、抵抗力弱,小小的梁引梅身上总是长荨麻疹。每晚睡觉的时候,父母总是把她搂在中间,一起给她搓背,直到她熟睡。十一岁时,家里吃面,妈妈让她拉风箱,梁引梅以看书为由拒绝了妈妈的要求,妈妈摆出要打她的架势,没想到坐在炕上的爸爸来不及穿鞋就冲向妈妈,一把将她推开,把梁引梅搂在了怀里……就这样,梁引梅在父母百般呵护下长大了。

"直到谈婚论嫁的年龄,我还不会做家务活儿,父母一直啥都舍不得让我干,就怕我累着。"提起父母的爱,梁引梅泪眼婆娑。

1966年,聪明伶俐、活泼可爱的梁引梅踏进学校大门。为了能更好地照顾孩子,父亲把工作调到了基层。每天清晨,他都骑着自行车送女儿上学,黄昏时和妻子一起接她回家,温馨的场面引来其他小伙伴们羡慕的目光。

一天夜晚,爸爸去单位加班,梁引梅做完功课躺在床上,翻来覆去,怎么也睡不着,因为有一个同学说:"你不是我们这里的人,你是南方人!"这是为什么呢?

她忍不住问了妈妈："同学说我是南方人,我为啥是南方人?"母亲听完一愣,看了看她那天真的目光,说："引梅,其实你不是妈亲生的,你是一个上海孤儿,在你出生的时候,你的家乡上海遭遇困难,是党和国家把你们三千多个无家可归的孩子从南方接到了内蒙古。我和你爸领养了你,你是'国家的孩子',也是我们最亲的孩子。等你长大了,想回去找亲生父母,妈也支持你!"聪明乖巧的梁引梅听完妈妈的话,并没有惊讶,只说了句:"我才不管我从哪儿来的呢,我就是你和爸爸的孩子!"然后,钻进妈妈的被窝一觉睡到了天亮。

时间一晃就到了1977年,十八岁的梁引梅长成了一个聪明又端庄的大姑娘。就在这年秋天,她高中一毕业就被分配了工作,光荣地成为呼和浩特市制鞋厂的一名工人。她虚心学习,认真工作,当年就被评为先进工作者,成为青年工友们学习的榜样。

1984年,梁引梅结了婚。第二年,可爱的儿子降生,爸妈的脸上洋溢着幸福的笑容。后来,梁引梅辞职做起了服装买卖,性格开朗的她生意做得红红火火,丈夫的体贴和儿子的懂事让梁引梅越发觉得自己是个幸运的人。

2007年4月的一天,梁引梅接到一个陌生电话。对方说,他是内蒙古自治区成立六十周年庆典大会的组委会主席,邀请她代表三千名"国家的孩子"参加大会开幕式。她一听激动得热泪盈眶,不知说什么才好。母亲在一旁大声地说:"好,好!参加,参加!妈妈支持你!咱们都去参加!"

如今已经年过六十的梁引梅除了"国家的孩子"这个身份,还多了一个新的身份,那就是乌兰夫纪念馆的义务讲解员。只要有时间,她都会和生活在呼和浩特市的同为"国家的孩子"的几位姐妹们一起到纪念馆,给前来参观的人讲述当年的那段历史。不仅如此,梁引梅还将自己唯一与身世有关的纪念品———一对银镯子,无偿捐给了纪念馆。每每说起这件事,梁引梅总是豪爽地说:"我留着也没什么用,不如把它捐出来放在纪念馆,让更多的人了解这段历史。"

除了言传身教外,梁引梅从退休后就一直在搜集着当年三千孤儿们的资料,联系志愿者帮助有意向的"国家的孩子"寻亲,平时谁家有个难事急事梁引梅都是第一个站出来帮忙,逢年过节更是组织大家一起聚会谈心。在梁引梅的组织下,当年来到内蒙古的孩子们成了真正的一家人。

2020年2月14日,梁引梅将她与九十一名兄弟姐妹凑齐的一万五千四百元善款送到内蒙古自治区红十字会后心里久久不能平静,捐款人都是半个多世纪前被国家收养的孩子,他们如今大多步入花甲之年,都想通过自己的一点力量来回报国家。

2010年8月,在内蒙古自治区人民政府领导的关怀和梁引梅的热心组织下,四十多名来自内蒙古各地的"国家的孩子",在离开家乡五十年后,代表三千孤儿回到故乡上海。在上海,他们走遍了所有的保育院,查遍了那些几乎快要霉变的档案,也没找到关于亲生父母的任何信息。这些"国家的孩子"相聚在黄埔江边,望着蔚蓝的天空,听着汹涌奔流的涛声。他们仿佛看见父亲在牧羊的身影,看到母亲那慈祥的目光。第二天,这些来上海寻亲的"国家的孩子"毫不留恋地踏上回家的路程,他们的家在北方,在内蒙古。

梁引梅

梁引梅

内蒙古自治区成立六十周年大庆上海三千孤儿代表接见母亲代表合影

梁引梅一家

梁引梅来内蒙古时
身上戴的手镯,已捐到呼
和浩特市政府博物院。

梁引梅的全家福

"国家的孩子"们

赵淑琴：北方的父母给了我一生

于洋｜文　李炳辰｜图　发自呼和浩特市

赵淑琴，1958年出生于上海，现居住于呼和浩特市。自己被养父母抱养的事，是赵淑琴上班那年偶遇保育院的马阿姨才知道的。

"马阿姨跟我说我是1960年冬天从上海坐火车来到苏尼特右旗朱日和温都尔庙保育院的，父母亲专程从赛汉赶来领养了我。"

锡林郭勒盟保育院吸取1958年安徽孩子入内蒙古时因气候不适突发疾病的经验，此次孩子们到达内蒙古后，首先带他们到医院做体检和治疗，然后进保育院适应一段时间才让领养。

从记事起，赵淑琴就是父母的掌上明珠，家里只要有一口好吃的，保准给她留着。不过，对于20世纪五六十年代出生的人来说，独生女可算是寥若晨星。"我咋没有兄弟姐妹呢？"她经常缠着父母追问。但得到的，总是一再敷衍。

由于从出生就严重缺钙，赵淑琴直到八岁才会走路。别人都跟她的妈妈说，这个孩子肯定养不活了，不如别要了，抓紧再抱一个。母亲总是很坚定地说："自己的孩子怎么能不要呢，我得尽我的力把她养大！"父亲为了不让她摔着，专门买了一个小小的方桌放在炕上，让赵淑琴扶着桌边慢慢在炕上学走路。八岁前的赵淑琴就这样在父母亲的背上慢慢长大。

"母亲一直未透露我的身世，有几次我回家跟她说别人说我是抱养的，她就摆出一副要去找人家算账的样子。所以，我一直以为自己是她的亲生孩子。现在回想起来，我理解她，更感谢她，她从心里认为我就是她的亲生孩子。"

"南方的父母给了我生命，北方的父母给了我一生。"赵淑琴说，"想到逝去的过往，就更想要珍惜眼前的一切。"

赵淑琴

乌兰：上海娃娃

于洋｜文　李炳辰｜图　发自呼和浩特市

"其实,爸爸、妈妈一开始是想要男孩的,但在医院看见我的时候改变了主意。当时,我在门口那张床上睡着,醒来睁开眼睛就对着他们笑,父母毫不犹豫地选了我。"1961年,乌兰三岁,作为三千孤儿之一,从上海辗转来到呼和浩特,成了一个医生家庭的女儿。

十二三岁时,乌兰无意中翻开家里的户口本,发现自己的出生地一栏写着"上海孤儿院",曾用名一栏被笔划得很深很深。小伙伴们玩耍时总说她:"上海娃娃!抱来的,抱来的!"刚进入青春期的乌兰变得敏感和自卑……但想到父母对自己的照顾,她既不敢询问又不敢胡思乱想。

在养父母的眼中,上海娃娃来到自己家,就是自己的娃娃。父亲尤其疼爱乌兰。在那个年代的内蒙古,能去上学的孩子不多,但她一直上到中学毕业。

中学毕业后,按照独生子女可以留城的政策,乌兰没有下乡,而是被分配到工厂当工人,后又调入呼和浩特市电影公司上班上到退休。

"如果当初没来到内蒙古,那我会拥有怎样的人生,拥有什么样的命运?"六十年来,乌兰无数次想过这个问题,像是演电影一般,内心推演出许多种可能。"人的一生,转折点很多,如果不是那次大迁移,我可能连命都没了。"

近几年,乌兰的孩子们都已相继成家,压在她身上大半辈子的担子忽然之间就变轻了。愈是闲暇时,乌兰就愈发想去上海看看。"也不一定寻亲,去踩踩生我的那块土地也成,去看看我的根到底在哪儿。"2019年,乌兰和几个朋友一起去了上海,走在外滩时,小时候脑子里那些奇怪的高楼大厦的影子瞬间活了起来,"来过了,不后悔了!"

2006年,是乌兰夫一百周年诞辰,三千孤儿中的许多人受邀参加,活动持续三天,热闹非凡。乌兰也参加了这次活动,陆续与其他"国家的孩子"有了联系。从那之后,越来越多的"国家的孩子"互相联系起来,并以兄弟姐妹相称,话题从20世纪五六十年代聊到当今时事,从家长里短聊到国家大事,仿佛对什么都感兴趣,什么都能说到一起。

乌兰觉得,这或许就是全世界最大的家庭,拥有着最多的亲人。

乌兰

孙丽忠:家里的小担当

徐晓鹏　文｜图　发自呼和浩特市

准备接受采访时,孙丽忠有一点犹豫,她说她在怀女儿时右耳朵发炎没及时治疗,现在有点听力障碍,怕影响我们的采访。我们带孙丽忠去了一个相对安静的环境,她才松了口气,笑着说:"在这儿我就能听清楚了。"

孙丽忠的父亲是一名普通工人,母亲是居委会主任。领养时,父母的年纪都很大了,父亲五十四岁,母亲四十五岁,就想领养一个稍大一点的女孩子,长大了能照顾家。就这样,四岁的孙丽忠被父母带回了家。

"我记得我的年龄在所有孩子的中算比较大的了,所以隐约还有一些记忆。当时,有一屋子的人,大人们在说话,我也听不懂。只记得我好像在说话,照顾我的阿姨也听不懂我说什么,就找了隔壁的一个姐姐过来,姐姐说是让我上床的意思,因为当时都是大炕,应该是觉得硬吧。"

孙丽忠回忆道:"小时候在和小朋友一起玩的时候,听一个小姐姐讲故事,听着听着我就觉得故事的内容像在说我。我跑去问妈妈,她如实告诉了我。"知道自己是"国家的孩子"的孙丽忠每当和父母聊起这些时都有些不敢和他们对视,生怕父母觉得她会走。随着年龄的增长,孙丽忠变得更懂事了,五年级时便在家里"挑起了大梁"。那时,每到过年家里都会刮大白,"我不想让我妈去外面花钱请人来刮,有一年就和我妈说让我来刮,她说我太小刮不了,我非要试试,这一试还挺成功,邻居大娘看见还夸我呢。"

"上初一时,有一回学校组织茶话会一直到很晚,结束后刚出校门便看到在远处等待的父亲。那时天已经很冷了,也不知道父亲等了多久,也没想起问父亲冷不冷。"说到这里,孙丽忠的眼圈红了起来,眼泪在眼眶里打转。母亲更是疼爱孙丽忠,每到夏天,母亲就提前去邻居家告诉她的小伙伴,不要叫孙丽忠一起去游泳。那时,他们家附近有水潭,孙丽忠有一回偷偷和小伙伴去玩耍,也没敢下水,回到家后母亲特别生气。"我妈从来没有发过火,那一次把我吓到了,我还问她怎么知道我去过水潭,我妈是看到了我鞋上的泥,然后卷起我的裤腿,我以为要打我呢,结果在我的小腿上用指甲划了一下,我还纳闷呢,后来问小伙伴,他们说我妈是在看我有没有真的下水,因为下过水后腿上会有白印子。"

父母的关心、关爱也让孙丽忠更加珍惜这来之不易的幸福。她知道,父母的年龄大了,如果现在的父母有什么意外,她会再一次成为孤儿。所以,家里有好吃的,她都会先给父母吃,父母也很欣慰,知道没有白疼孙丽忠。

前几年,孙丽忠和有同样经历的人一起去了上海。在上海档案馆,她查到了当年上海儿童福利院那一份自己信息仅存的档案。其中,有一张移送单,上面清楚地写着发现地点是上海市厦门路,还附带一张生辰八字,上面写着"生日阴历十月初八"，孙丽忠拍了照，留作纪念。孙丽忠说，被父母领养后将出生日期改成了1957年10月8日。

孩子们成家以后，孙丽忠才告诉他们，自己是"国家的孩子"。现在孙丽忠儿孙满堂，一家人其乐融融。孙丽忠的女儿还和她说，很荣幸能有一位"国家的孩子"做她的母亲。有一句朴实的话说得好："爱自己的孩子是人，爱别人的孩子是神"，父母对孙丽忠的爱就是超越血缘的大爱。

孙丽忠的养母武淑媛

青年时期的孙丽忠

孙丽忠的全家福

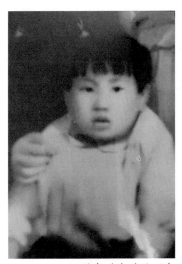

幼年时期的孙丽忠

青年时期的孙丽忠

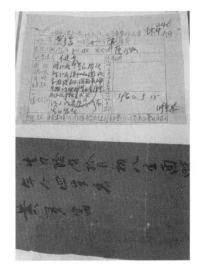

孙丽忠的收养档案(孙丽忠提供)

张桂英：感恩给予的一切

徐晓鹏　文｜图　发自呼和浩特市

　　20世纪60年代初，三千名上海孤儿迁往内蒙古。包括张桂英在内的部分孤儿由于那年大雪封山没能迁往牧区，留在了呼和浩特市。"那时，领养是需要条件的，要求领养家庭的夫妻双方至少有一人有固定工作，且没有孩子才能领养。据说还得写承诺书呢！"

　　张桂英，1959年9月15日出生，被领养的日期是1961年9月27日。第一次在家里的户口本上看到自己那一页上面的户籍所在地一栏清楚地写着"回民区第二幼儿园"时，五岁的张桂英便去问妈妈，为什么户籍所在地写的是回民区第二幼儿园。母亲说，写那里才会有牛奶喝。那时，母亲要去扫盲班学习，张桂英也会跟着妈妈一起去，一来二去，她也认识了不少字，所以才会看得那么清楚。后来，经过几次跟母亲的对话，张桂英总觉得母亲在回避着什么，而且家里总是搬家，从那个时候开始，她便怀疑起自己的身世。"但是，也正是从那时起，我就再也没有问过妈妈。我怕问得多了，父母会多想，怕他们伤心。"

　　张桂英的父亲在一家企业工作，母亲负责照顾家庭。幼年的张桂英被领养后生活得很幸福。父母有什么好吃好喝的都留给她。上学后的张桂英，手里拿的干粮永远都是白面馒头。"我妈有时候和邻居们聊天说，你看我们桂英，从来没有一天吃两顿白面的，第一顿吃了白面馒头，下一顿就不吃了。"小时候的张桂英去哪儿母亲都盯着，生怕磕着碰着。张桂英的父母始终记着党和国家的嘱托。

　　疼爱张桂英的父母分别于1976年和1984年去世。张桂英回忆起母亲从小教育她非常地严厉，年幼的她并不理解。直到工作她才明白，母亲是在教她长大以后好好做人，做个有用的人、正直的人。父亲退休后，十六岁的张桂英最开始是汽车修理工，由于要强能干，她从来不需要特殊照顾。1996年，因工作调动，张桂英去呼和浩特市文物处工作，具体工作是昭君博物院后勤管理员，2009年退休后，昭君博物院征求张桂英的意见，问她是否愿意留下来继续工作。就这样，张桂英被返聘回去工作至今。

　　采访过程中，张桂英脸上始终洋溢着幸福的笑容，口中出现最频繁的词汇就是"感谢"和"感恩"。她说："感谢党和国家，如果没有当年跨越地域的大迁移，我们这些孩子不知道会有怎样的命运；感谢含辛茹苦养育我的父母，把我当作亲生孩子一样哺育，没有一点私心，我会永远记在心里。"

　　2014年，张桂英通过同学认识了很多和自己一样的"国家的孩子"。同样的经历使他们有共同的话题和相似的梦想，那就是"寻根"。多年来，他们通过各方组织，参加很多公益活动，想知道自己是哪里人，看看自己出生的地方。张桂英说，现在他们就像一个大家庭，互相帮助，逢年过节相互问候，生活也丰富多彩。

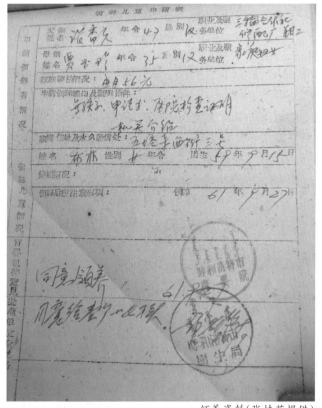

领养资料（张桂英提供）

张桂英与养父母

张桂英

黎明:养父母的掌上明珠

杨帆　文｜图　　发自呼和浩特市

"养父母对我特别好,把我当成他们的亲生女儿,我是他们的掌上明珠,我特别幸福。"采访时,黎明总是重复这句话……

黎明,三千孤儿中的一个。她是不幸的,却也是幸运的。1961年,黎明从上海来到内蒙古呼和浩特市。童年时期的黎明是非常幸福的。抱养她的父母没有孩子,养父是小学老师,养母是居委会主任。养父母一家的生活条件相比其他家庭算是比较好的,对黎明也非常疼爱。

"我在小的时候就知道自己是被抱养的,但不知道为什么,就觉得同龄人父母看着都很年轻,自己的父母年龄却很大。但我自己很懂事,从来没有问过他们。"黎明说。

后来,黎明到民政福利厂上班,一上就是大半辈子,一直上到退休。工作期间,黎明勤恳认真,很快就从管理员升为车间主任,再升为主管生产部门的领导,并于1975年入团、1987年入党,几乎每年都是先进工作者、优秀共产党员。黎明通过自己的努力,实现了人生价值。

黎明负责照顾养父母,直到两位老人去世。

"结婚后,我爱人知道了我的身世也非常同情我,说要好好照顾我一辈子。公公和婆婆对我都特别好,我一点气也没受过,我感觉非常幸福,也特别幸运。感谢党和国家,感谢内蒙古这片土地,感谢我的养父母,给了我很多的爱,内蒙古就是我的故乡,我真的特别爱这片土地。"采访时,黎明不停地说着"感谢"。

现在,黎明已退休,在家帮女儿看孩子,一家人过着幸福美满的生活。

儿时的黎明

黎明

黎明的全家福

逯燕:南方飞来的燕子

杨帆　文｜图　　发自呼和浩特市

一个平凡的人,一段平凡的故事,一些不平凡的经历。

她出生在上海、江苏一带,而养育她的土地是内蒙古,她是"国家的孩子"中的一员——逯燕。

1959年至1961年,全国粮食严重短缺,上海等地的一些孤儿营养不良,已经危及生命。随着一列列北上的火车,这些孩子被送往内蒙古的各个地方。逯燕原本是要被送去牧区的,可因当时是深秋,马上入冬,天气变化多端,大雪又封了山,国家担心这些孩子年龄太小,怕去牧区存活不了,就将这批孩子留在了城市,当时身体瘦弱的逯燕留在了呼和浩特市。饱受饥饿,加上身体素质差,逯燕和其他几个生病的孩子一起被送往呼和浩特市医院接受治疗,随后又被送往街道办事处。

初见逯燕,一点没有南方人的影子。"刚开始,养母去抱养孩子时并没有成功。"逯燕说。因为当时国家对于抱养"国家的孩子"的条件要求非常严格,必须是夫妻双方没有生育能力、年龄四十岁以上、有爱心的,写申请得到批准后才能领养。后来,养父同养母拿上申请去当时的街道办事处抱养了逯燕。由于吃不上饭,逯燕看起来头大脖子细,但躺着就比其他孩子长出一截,养父母一眼就看中了她。

初到养父母家的逯燕虽说看上去像两三岁了,可还在床上躺着,不会走路,甚至连坐都坐不起来。看着瘦弱的逯燕,养父母总是把最好的食物都给她,尤其是养父,甚是疼爱她。对于童年,逯燕的记忆很模糊,只记得有几次邻居家的孩子叫她出去玩耍,养母都委婉地拒绝。当时的逯燕也不敢问原因,后来才得知养母生怕她受到来自小伙伴偏见的眼神和嘲讽。父母年迈,家里只有她一个孩子,懂事的逯燕独自承担了大部分家务。儿时的逯燕是幸福的,她一直不知道自己是被抱养的,直到父亲去世,姑姑才告诉逯燕她是抱养的,是"国家的孩子"。养父母给她起名"逯燕",原来是形容她是一只"南方飞来的燕子"。

采访时逯燕跟我说,她南下寻亲三四次,最大的心愿是想知道自己的出处。但她深知自己的家永远在内蒙古呼和浩特市,她早已融入这片养育她的地方!

逯燕的养父　　　　　　　　　　　　　逯燕的养母

逯燕

德吉德斯仁：无法忘记的爱

满都日娃｜文　敖民｜译　发自包头市

　　1961年，乌兰察布盟达尔罕茂明安联合旗查干敖包公社查干敖包嘎查的牧民诺尔布和冉西高娃结婚几年因病一直没有孩子。那年，他们在呼和浩特看病时听说从南方来了一批孤儿被送到呼和浩特市孤儿院，就从九个孩子中领养了一个。就这样，这个孤儿就有了温暖的家，有了爱护他的父母，幸福快乐地成长了。"后来，我听长辈们讲孤儿的故事才知道牧民诺尔布领养的孤儿就是我。我是多么有福气的人！我在养父母的爱护下长大，学到了很多做人的道理。"德吉德斯仁说。

　　"我从七岁开始帮父母干家务活儿，一家三口幸福地生活着。后来，父亲的视力也不好了，母亲一个人忙里忙外，我不忍心母亲一个人，就从小学辍学回家帮家里干活儿，上学念书的梦想也随之破灭。十六岁那年，我在嘎查当了民兵，加入了共青团，积极参加劳动，很受尊敬。十八岁那年，我跟四子王旗牧民青年孟克吉日嘎拉成家，有了一个女儿和三个儿子。2000年，我爱人突然去世。就这样，我和老母亲加上四个孩子，一家六口一起生活。亲爱的母亲陪伴我到了2014年，享年九十二岁。现在，我四个孩子中的三个都已经成家立业，大女儿在内蒙古师范大学当英语老师，大儿子和二儿子从大专和中专学校毕业后在市里务工。我跟小儿子在牧区放牧，生活得也很好。我的生命以及我现在的美好生活是党和国家给予我的，我永远无法忘记这份伟大的爱。"

德吉德斯仁和养父诺尔布（右一）、养母冉西高娃（左一）

苏布德:因缘相遇的三个人

满都日娃|文　敖民|译　　发自包头市

　　我叫苏布德,是包头市达尔罕茂明安联合旗都仁敖包苏木格日乐敖都嘎查的牧民。1964年,我刚被送过来的时候才八个月大。当时,乌兰察布盟达尔罕茂明安联合旗给每个嘎查分两个孤儿,父母特别高兴能领养一个孤儿,从别人家借了一匹白驴把我接回了家。我管父亲叫阿吉,管母亲叫莫木,这是当地对父母的称呼。

　　阿吉叫冉米德,是锡林郭勒盟阿巴嘎旗人。二十一岁当兵,退伍后来包头市达尔罕茂明安联合旗额尔顿敖包公社阿拉坦敖都公社,给当地的生产建设无私地奉献自己的力量。我的莫木叫塔木苏荣,是本地朴素善良的牧民妇女。那时,我们家很穷,但父母总是把好吃的、好看的都给我,他们自己总是吃不饱穿不暖。阿吉总说我是个有福气的人,给他们带来了快乐。事实上,我小时候很淘气、很固执,是被父母宠爱的孩子。有时,我淘气地躺在地上不起来,莫木就打我,但是阿吉不让打,他俩就因为这个开始吵起来。阿吉总说:"我们三个是因为缘分相聚的,我是锡林郭勒盟人,我的女儿是乌兰察布盟人,你莫木是包头市人。"阿吉不喜欢别人说我是上海孤儿。

　　1976年冬,阿吉不幸去世,享年五十岁。阿吉走后我和莫木相依为命,生活得很辛苦。莫木又突然半身不遂,身体没有了知觉。

　　四十五天后,莫木才有知觉,但还是在别人的照料下躺了八年。莫木虽然无法自由动弹,但是她每天为我操心,想让我早点成家,好有个依靠。后来,我成家了,也一直照顾瘫痪在床的莫木到她去世。莫木去世后我也好好生活着,为了让我的三个孩子长大成人不辞辛劳地努力工作着。但不幸的是,1996年,我爱人突然去世,生活的所有担子都压在了我的肩上,使我无法承受。我患上恶性子宫肿瘤,在死亡边缘徘徊,好在有好心人帮助,医治了一段时间,病情才逐渐好转。2011年,我开始放牧,现在生活质量提升了,看着孩子们过得很好,我很满足、很欣慰。

儿时的苏布德

苏布德在演出

阿拉坦其其格：父母的宝贝女儿

满都日娃｜文 敖民｜译 发自包头市

　　我叫阿拉坦其其格,来自内蒙古包头市达尔罕茂明安联合旗边境苏木满都拉镇。1964年,我被送到乌兰察布盟达尔罕茂明安联合旗。当时,在达尔罕茂明安市查干哈达苏木巴音赛汉嘎查生活的父母把我从幼儿园接回家认作了女儿。他们说,那时候我瘦得皮包骨。回家的时候,正巧遇见邻居们在制毡,父亲喜笑颜开,说我是一个有福气的孩子。我的父亲叫巴图,母亲叫娜仁其木格。有了孩子的父母兴高采烈,还特意请人给我取名叫阿拉坦其其格。1972年,我们公社办了巡教班、支教班,因为有老师教学,所以我也成了这个班的学生。二年级的时候,由于队里有了学校,我就去队里上了学。1974年,母亲病重,我辍学了。次年,父亲从骆驼上摔落下来,断了八根肋骨,肩骨折,由于伤势重,队里还特地带我们送去镇上的医院治疗。十三岁的我照顾父母,在医院住了三个月,父亲虽然好了很多,但是母亲的病转变成了肝癌,已没有痊愈的可能性,我们只能回家疗养。没过多久,母亲就去世了。此后,我和父亲一起放牛,做家里的杂务活儿。我一直喜欢看书,一有空闲时间就会在家看书。1977年夏,队里的人对父亲说:"让女儿读书吧,你女儿是'国家的孩子',必须让孩子读书。"我们家搬去了队里,秋天的时候我直接上了三年级。被数学课难倒的我多亏在老师的帮助和自己的努力下成绩有所提高。我在公社的学校读了四、五年级,小学毕业之后上镇里的中学,但只读了一年。1980年8月,出了招考一批老师的通知,我报了名却没有做考试准备。于是,老师给我带来了语法书让我从中选题背,我从中选背了五个题,次日的试题全都是我背的题。考完试回家的时候,父亲火气很大,我也没和他说话。9月,正是开镰收割的季节,队里安排我去收割。我去了二十多天,回来去苏木的时候正好收到录取通知书。收到通知书的时候,我非常开心。通知书上写着赶快去镇上的教师培训学校报到。经过一个学期的培训,我于1981年3月1日在查干哈达公社的学校当起教师,并把父亲带回公社照顾。

　　1986年冬,父亲去世。

　　1992年,我和一个叫那音尼格的小伙子结婚,生了一儿一女。儿子在甘肃省拉卜楞寺学习,女儿今年大学毕业。我和我的老公也幸福地生活在一起。

阿拉坦其其格的幸福家庭

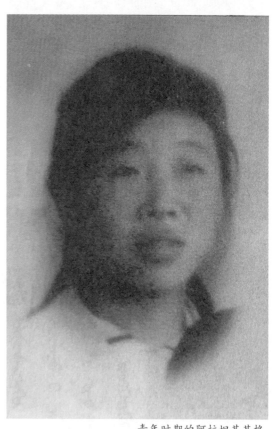

青年时期的阿拉坦其其格

格日乐：爱神——我的亲人

満都日娃 | 文　敖民 | 译　发自包头市

1960年，乌兰察布盟来了一批孤儿，母亲和舅舅从中把我领养回来了。当时我四岁，还依稀记得一些事情，现在回想起来也挺有意思，像个传奇故事。

听母亲说他们去领养我们的时候，在一个大屋子里有很多小孩，母亲从口袋里拿出一颗糖放到孩子们旁边，我直接朝她去了，母亲说"这就是缘分"，于是把我领养了。不知那时是用什么车把我拉回来的，反正是依稀记得自己在白色的东西上来回跑来着，我还以为那些白东西是白糖，还记得周围有很多白鸭子。2000年，我把这些模糊的记忆告诉母亲。她说："既然女儿问起来了，那我就说吧。你是从南方来的孩子，母亲从那么多孩子里领养了你，那时你四岁。那是秋末初冬的下雪天，你说的那白糖是雪，那些鸭子是邻居们的羊群，你刚来牧区肯定没见过这些。"就这样，我在乌兰察布盟达尔罕茂明安联合旗格日乐图公社跟父亲达米仁、母亲达日玛、姥娘斯尔吉莫德格一起生活了。

那时，父亲是国家干部，母亲在公社工作，舅妈是公社的医生，所以我就从小主要跟姥娘在一起，倍受宠爱。因此，我现在想起她就忍不住流眼泪。姥娘骑马放羊回来的时候把我抱到马背上，她在前面牵着，我就这样慢慢地学会了骑马。有一天，她照常把我放到马背上，跟我说不要把脚伸进马肷里，但是我听了好奇，故意把脚伸进马肷里，受惊吓的马把我甩下去，把我姥娘吓得够呛。后来，我就跟着姥娘一起去放羊。放羊的时候跟姥娘一起玩，玩猜谜语，或者跳舞，姥娘也经常给我唱歌，给我讲故事。

在我十六岁的时候，姥娘投靠了她的小女儿，我特别舍不得，跟着跑到她身边。她说："我跟你住得不远，想你的时候会过来看你的，以后十八岁了，就是大人了。"我听了更舍不得，哭得更厉害。两年后，我跟同苏木达布西拉图嘎查的牧民结了婚，有了四个孩子，尝过了生活的酸甜苦辣。姥娘于1984年去世，但她永远不会从我心里消失，到现在一想起姥娘我就忍不住掉眼泪。我现在六十岁，正在享清福，四个孩子都成家立业了，我很开心。

格日乐与养母

儿时的格日乐

娜仁格日乐:有福之人

满都日娃｜文　敖民｜译　发自包头市

我是1962年从上海送往内蒙古的三千孤儿之一。当时,我大舅在巴图哈拉嘎开会,听说从南方来了很多孤儿,就把这个消息传给他的姐姐、姐夫,他们听了非常高兴,表明了想领养一个孩子的意愿。就这样,我的大舅和小舅把两岁的我从乌兰察布盟达尔罕茂明安联合旗带回原查干敖包公社红旗公社的家里,我成为仁钦和查布勒玛的女儿。养父说要给我起个好听的名字,跟母亲商量后给我起名叫娜仁格日乐。

我七八岁开始就早起放牛犊、打水、捡牛粪,经常干家里的杂活儿。虽然到了学龄,但是为了帮助爸妈干活儿也没去上学,后来在十一岁的时候有机会学习,我就跟老师学了一点知识。本来想着继续念书,但是看着爸妈身边没有帮手就放弃读书了。从那以后,家里挤牛奶、挤羊奶、放牛羊、捡干牛粪的活儿都由我来干。从小,父母就严格要求我,我非常听话,按他们的要求做好。父母总是教育我要严格要求自己。那时我还小,他们训我的时候我心里还怪他们来着,长大以后才知道父母对我的好。由于听了他们教诲,我很早就变得懂事,知道了生活的学问。后来,我到了成家的年纪,在二十一岁那年跟达尔罕茂明安联合旗巴彦吉如和公社粮食局工作的达兰台结了婚。我们生了一儿一女,加上我的父母,一家六口一起生活。

在我三十三岁那年,父亲去世,享年七十三岁;三年后,母亲去世,享年六十九岁。父母的相继离世使我心里空荡荡的,但还是要继续生活。我永远不会忘记党和国家的关怀以及父母的恩情,是他们给了我第二次生命。我虽然失去了上学的机会,但是为了让我的孩子们成为对社会有用的人,我坚持让他们上学念书。现在儿子布仁巴雅尔在旗乌兰牧骑工作,儿媳妇在幼儿园工作,他们有两个孩子。女儿乌仁图雅大学毕业后回来放牧,跟牧民小伙额尔德木图结婚,有了两个孩子。

我和老伴两人看着孩子们过得幸福也特别欣慰,现在在包头市达尔罕茂明安联合旗达尔罕苏木红旗公社养着少量的牛过着幸福的生活。

娜仁格日乐的养父仁钦、养母查布勒玛

娜仁格日乐

娜仁格日乐的全家福

朝鲁孟：想念我的父母

满都日娃｜文　敖民｜译　发自包头市

　　领养我的父母是原乌兰察布盟达尔罕茂明安旗原都仁敖包公社脑海图队里放牧的牧民。听说最后一批孤儿于1964年来到达尔罕茂明安旗，母亲便去领养了我。那时，他们不知道我有没有满月，但是我已经能倚靠着东西坐着。最开始领养我的人是查干哈达公社的阿如宝力格和达日玛。后来，在同一个公社的嘎拉桑道娃、若勒玛斯仁俩领养了我。这两位是养育我成人的父母。在我八岁那年，我们搬到都仁敖包公社脑海图队。那时，脑海图有小学，所以我十二岁的时候就在那里上了学。在我小学二年级的时候，母亲重病，我和父亲赶着驴车把母亲送到巴图哈拉嘎医院医治。母亲的病情缓和了很多，但也没能痊愈。到了开学季，母亲一直叮嘱我上学。我也喜欢读书，但是怎能扔下体弱的母亲就去上学呢？不能走。家里除了父亲没有别人，谁照顾母亲？我觉得我不能扔下母亲，应该在家照看我的母亲，所以没有继续上学。从那以后，我就在家照看体弱的母亲，帮父亲做家务，整天看牛羊，成了牧民。

　　时间如流水，一转眼，我到了嫁人的年纪。母亲希望我尽早成家。我应了母亲的意愿，准备在家举办婚礼。母亲说，家里就一个女儿怎么也要好好办婚礼，并给我准备了很多东西。那时，我们的家庭条件不是很好，但母亲也竭尽所能给我办了婚礼。我成了家里的顶梁柱，跟我爱人一起品尝了生活的酸甜苦辣，并有了三个儿子。母亲照看着三个外孙子，我起早贪黑，忙着放牛羊，没空照看孩子。我整天忙着家里的活儿，母亲不仅养育了我，还帮我照看我的孩子，我很感谢她。就这样，七口之家过着幸福的生活。1988年，父亲患癌去世。父亲去世后，我的孩子们也到了上学的年纪，我的母亲在镇上租了房子，照看我的孩子上学。我和爱人在老家劳动，我们家的生活条件逐步改善，孩子们也都长大了，大学毕业了，都有了各自的生活。我在牧区边照看年迈的母亲边放牧。2006年，母亲去世，我特别伤心。我来到内蒙古，在父母的抚养下获得了第二次生命。我永远都不会忘记我的父母，我想念我的父母。

不同时期的朝鲁孟

朝鲁盂的养父嘎拉桑道娃(前排中)、朝鲁盂(后排左)

朝鲁盂

朝鲁盂的养母与外甥们　　　　朝鲁盂与养母　　　　朝鲁盂与养父

其木格：钦佩内蒙古人民的仁爱

满都日娃｜文　敖民｜译　发自包头市

我叫其木格(其其格)，是1958年至1964年上海送到内蒙古各地的孤儿之一。我的养母叫斑德日玛，是原乌兰察布盟达尔罕茂明安联合旗都仁敖包公社达布西拉图大队的牧民。养母收养我的时候我的档案资料上写着三至四岁，姓杨。

母亲身材高且瘦，一脸慈祥的笑容总是出现在我的梦里。有些事情，像是昨天才发生的一样。

母亲话少，很少跟我讲以前的事情。关于母亲的故事，我是从邻居们的聊天中听说的。在母亲二十七岁那年，她的男朋友去当兵之后杳无音信。母亲孤身等着，一晃就到了四十岁。邻里们跟母亲说："收养一个小孩吧，等你年老的时候也有个人给你做个热饭，延续香火，不是吗？"母亲听了觉得也有道理，于是开好相关证明后去集宁准备收养一个孩子。听母亲说，在众多孩子中，只有我向母亲伸手跑了过去。

我记得直到十三岁，母亲我俩还一年四季在那陈旧的蒙古包里生活。到了冬天，水缸里的水在夜里都冻成冰，我俩就在头一天晚上睡觉前把一壶水放在灶台边，第二天一起来就把水烧开。

母亲是仁爱的，但是她也扮演严父的角色。母亲勤劳、平易近人，对待问题很认真，我如果做错事会得到相应的处罚。我的认真、谨慎、有耐心的性格都是受母亲影响。我六岁开始就做家务，烧水、做饭，刚开始的时候怕火，每次划火柴的时候鼓励自己，想着别人能做的我也一定能做到。我八岁开始早起打开蒙古包顶棚帘。当时，我个头矮，解开帘子绳的时候很费劲，尤其是有风的时候，但是努努力也能解开。母亲严格教育我，不会让我说不会做或者不能做某一件事。记得我在八岁的时候不小心把热水壶打翻，被母亲狠狠地教训一顿。第二天，我还是早起煮茶做家务，母亲很内疚地抚摸我的头发亲吻我的脸颊，我也热泪盈眶地拥抱母亲。有时，我和母亲喝完早茶捡干牛粪，准备冬天的燃料。母亲我俩背着筐比谁捡得多，我把筐装满后欣喜若狂，感觉自己学会了很了不起的事情。当时，大家吃"大锅饭"，一起放牧，根据记分进行分配。十岁那年，我和母亲负责放大队的一群羊。十一岁时，我就领着小驴去放羊。当时有很多狼，它们有时候会攻击羊群，所以我妈叮嘱我放羊时早上走在羊群前面，晚上走在羊群后面大声吆喝着赶着走，我经常能把喉咙喊哑了。一开始母亲不放心我，骑着驴走到高的地方看我放羊的情况。碰到雨雪或者大风的天气就很难往家赶，母亲就骑着驴过来帮我。就这样，我们放着大队里的一群羊，等年底发工钱买完米、面、油等生活用品后剩不了多少钱。十二岁那年，我看到邻居家的孩子手上戴着好看的手表、骑着漂亮的自行车就很羡慕。我问母亲："我们家为啥没有这些稀奇古怪的东西？"母亲回答说：

"我们好好工作就能挣很多钱买手表和自行车,不然我们怎么也拥有不了这些。"我从母亲的话中明白了只有努力工作才能拥有这些稀奇的东西的道理。

四季更替,我到了十三岁。那年我们搬进了军人住过的砖瓦屋,过冬时暖和了很多,年底按劳分配时收入多了很多,生活条件也改善了很多。1977年冬,家乡下了暴雪遭遇了白灾,大雪覆盖了山顶、沟壑,成了雪白的世界。那年我十五岁,白天放牛羊,晚上喂完牛羊就进西屋打瞌睡。功夫不负有心人,那年我们家负责放的牛羊安全度过了冬春季。第二年6月,大队奖励了我们家二十五只羊和一头牛,母亲还参加公社的劳动模范大会受表彰了。1978年,我十六岁,母亲第一次给我买了价值一百一十元的红旗牌手表。到了年长些的时候母亲开始催我成家。一开始,我不愿意听。母亲说:"我现在已经年过六十了,想在有生之年给你找个依靠。"就这样,我结了婚。母亲用一头牛换了一匹马还给三百五十元工钱和五十公斤白面,让我们住进了两间新的砖瓦屋。

1980年,母亲把主持家里大小事的权利和义务全权交给了我。

母亲经常教育我要帮助那些需要帮助的人。记得那时大队里有位老人,她的养子弃她而去。母亲可怜老人没人照顾,想着帮一次也是心意,就把家里的干肉送给了她。那时我想着:"自己也没多少东西还给别人,贫穷的人多了去了,哪可能送得过来。"后来,我了解了母亲善良的心和帮助穷苦人的高尚品格,碰到那些需要帮助的人就会出手相助。

邻居的老人跟我说:"我过去还责怪你母亲,五十岁了还领养孩子,不但不能照顾自己,还让孩子孤单。你母亲是个有福气的人,把你抚养长大还看孙子享福了。"我们决定把孩子送到距家里十公里远的镇上念书。从1990年起,母亲照看孙子。我们的家庭条件也改善了很多,我和老公开始在牧区盖棚户修改院落。那年,我们又有了个女孩。

1995年,我们盖了新的砖瓦房,家里还通了电。虽然感觉干活儿挺累,但是家里的条件总体提升了很多。

1998年,母亲的关节病越发严重,她开始拄拐杖,还不小心摔了一跤把右腿摔断了,在医院医治了几个月也走不了路,只能躺着。后来,母亲的肺病加重,更是离不开医院了。夏天遇晴朗的天气,母亲让我背着,在院子里呼吸新鲜空气、晒太阳,看着远处的牛羊,脸上洋溢着笑容。母亲病重那晚,我把母亲抱在怀里,她在我怀里永远离开了我们。看着母亲去世,我悲痛欲绝,眼泪止不住地流,家里也空了很多。

母亲用一生爱护我、养育我长大。我永远不会忘记母亲为了我解决很多困难,养育我成人,给予我生活中的全部。母亲教会了我做人的道理。我经常教育孩子,遇到困难要坚强面对,不能轻易退缩,要学好知识,孩子们也很听我的话。如今,我的大儿子在旗医院工作,小儿子在家里放牧,女儿已经大学毕业。如果母亲还健在，可以共同享受现在的生活。一想到这些，我就会不由自主地流眼泪。虽然生活中有很多遗憾，但是一想到母亲给了我第二次生命，我会特别感激。我深爱养育我的内蒙古，爱这片土地上淳朴善良的人们。

其木格近照

乌仁其其格：怎能忘记父母的爱

满都日娃｜文　敖民｜译　发自包头市

　　那是1962年的事,乌兰察布盟达尔罕茂明安联合旗查干敖包公社查干敖包嘎查牧民旺钦苏荣和帕格玛结婚后,帕格玛怀孕了。当时,听说达尔罕茂明安联合旗来了一批孤儿,妻子帕格玛想领养一个,但遭到了亲朋好友们的反对。他们说:"你们不久就有自己的孩子了,怎么还要领养孤儿啊?"但是帕格玛没有听他们的劝,她想着:"我有了自己孩子又怎么了? 那些孤儿离开亲生父母来到陌生的地方,我要领养一个,养育他/她长大。"她把自己的想法告诉爱人,让他骑马去达尔罕茂明安联合旗。丈夫旺钦苏荣到了保育院后手里拿着一颗糖,眼见有个小孩朝他过来站在他旁边,就把这个孩子抱回了家。这个有父母的爱、有自己的名字、有温暖的家庭、自由自在地长大的孤儿就是我。没过多久,我也有了可爱的弟弟,我们一家四口过着幸福的生活。可是天总有不测风云,当时我们那里流行脑脊髓炎等重病,由于交通不便,得病的人都遭遇了生命危险,我弟弟也不例外,因病去世了。那时,我已经懂点事了,一起玩耍的弟弟走后很伤心、很孤单。没过多久,在我八岁那年父亲也去世了。父亲去世后我更是想念他,跟母亲相依为命。在我十一岁那年,母亲送我去上了学。我的学习也挺好,小学毕业后母亲要求我继续上学,但是我不忍心看母亲一个人在家操劳就辍学回家,在家帮母亲干点活儿。十六岁那年,公社通知我去旗里学医,我学习了一个月,再到公社的医院实习后回大队当医生了。十六岁到二十四岁,我主要做助产师的工作。无论何时何地,我随叫随到,骑骆驼去包脐带,也很擅长这项工作,也因为这个成了很多人的干妈。二十四岁那年,我跟本地的牧民小伙苏和成亲。生活有苦有甜,但还在继续着,我现在有了俩儿子、俩儿媳、俩孙子,亲戚也多了。但我总是会想起那两位有崇高品德老人——我可爱的父母。我是在党的关怀下,在故乡人民的爱护下,在父母崇高的爱下长大成人的,所以我永怀感恩之心。

乌仁其其格与爱人

乌仁其其格

乌珠莫：我活着，我自豪

满都日娃｜文　敖民｜译　发自包头市

　　我叫乌珠莫，是三千孤儿之一。1963年被送到乌兰察布盟达尔罕茂明安联合旗，牧民父亲萨何亚和母亲伊西格领养了我。那时，我们的家庭条件困难，但父母像对待亲生女儿一样对待我、把我抚养成人。1967年，我敬爱的父亲因病去世。

　　后来，母亲跟一个叫苏和的本地人结婚，他们放牧为生，还要照看患病在身的岳父岳母。现在，我成了三个女孩的母亲，幸福快乐地生活着。我的大女儿和二女儿都已成家立业，小女儿还在读大学。

　　现在，我的身体虽不如从前，但还能自理，能自己煮茶做饭。我来到内蒙古获得了第二次生命，看到孩子们的幸福生活我很欣慰、很高兴。

乌珠莫

乌珠莫与爱人

阿拉腾陶格斯：我的回忆

满都日娃｜文　敖民｜译　发自包头市

　　母亲在我懂事后才把我的身世详细告知我的。我的父亲叫额尔登毕力格，我的母亲叫额尔登少，都是原乌兰察布盟达尔罕茂明安联合旗人。当时父母都是年过四十的中年人了，但是没有孩子。1963年，父母亲听说有一批孤儿被送到达尔罕茂明安联合旗的消息后就骑马去旗里把几个月大的我接回了家。那时我特别弱小，眼神不好，肠胃也有点毛病，总是拉稀，很让他们担心。父母步行把我送到离公社二十五公里远的医院治好了我。母亲总是把我抱在自己的被窝里，我吸吮着母亲的奶，吸着吸着就有奶了。就这样，母亲白天给我喂牛奶，晚上哄着我睡觉。在我五岁时，父母为了让我有个伴就领养了个男孩。我十岁上了小学，中学毕业后考职业技术学校，但是差了几分没考上，我就回家放牧，成了牧民。二十三岁时，我跟达尔罕茂明安联合旗查干哈达苏木的退役军人额尔敦朝鲁成婚，有了两个儿子。现在，我的两个儿子都在呼和浩特市工作，我和老伴在牧区放牧。亲爱的父亲于1999年患胃癌去世，享年七十岁；母亲于2007年因病去世，享年七十六岁。

　　我怀念把我养育成人的恩人们，为了不忘记党的关怀和父母的爱，特写下这简短的回忆录。

阿拉腾陶格斯的养父额尔登毕力格、养母额尔登少

儿时的阿拉腾陶格斯

乌达巴拉其其格：父母的爱

满都日娃｜文　　敖民｜译　　发自呼伦贝尔市

我叫乌达巴拉，1960年从上海孤儿院送往呼伦贝尔的三千孤儿之一。当时我们被送到呼伦贝尔人民医院保育院，由保育员照看。那时，我是刚满几个月的婴儿，到了会说话的时候就叫保育员"妈妈"。就是那位阿姨，给我取名乌达巴拉（菊花），寓意正直不屈，让我度过艰难险阻，坚强地盛开。我也没有辜负阿姨的期望，像菊花似的坚强地盛开。

我到了三岁被鄂温克族自治旗东公社哈罕乌拉大队党支部书记高如罕领养才离开保育院。当时，鄂温克族自治旗政府要求家庭条件好的才能领养从上海来的"国家的孩子"。那时父母结婚不到一年，还没有孩子，两个青年领养了三岁的女孩像捡到了宝似的爱护着。我从那时开始懂点事，呼伦贝尔盟人民医院保育院像我家似的，阿姨像我母亲似的，突然离开了他们住进毡制的蒙古包有点不习惯。但是母亲热情洋溢的脸庞、和蔼可亲的态度，父亲铿锵有力的歌声让我习惯了眼前的一切，我开始了新的生活。就这样，我慢慢长大，跟当地的孩子一样喝奶茶、吃列巴，帮母亲挤牛奶，干家务活儿。我七岁那年，母亲生了个儿子，我有了个小弟弟。就在那年，正要把我送到学校的时候我患了病去旗医院看病，旗医院医生检查完让我们去盟医院拍照诊断。到了盟医院后初步诊断为骨结核，但还未确诊，需要去黑龙江的医院诊断。就这样，父母背着我坐火车去了黑龙江的医院。我被哈尔滨市医院确诊为骨结核病，医治了一段时间后回家待了几天，然后打算去哈尔滨市医院做切割手术。父母不同意，他们说做切割手术的话孩子就没有双腿了，就不能骑马驰骋，就不能和小伙伴一起玩耍了。父母就带着我到各个城市的医院医治。医治了整整七年后我的病情好转了很多，最后奇迹般地好了。我可以领着我弟弟放牧，也像其他孩子一样可以自由自在地玩耍，父母看到很高兴，放心了很多。

父母为了给我看病，去了很多地方，花光了所有积蓄，差不多把家里的牛羊都卖了。即便如此他们也没有后悔，还因拯救了我的双腿而高兴。我也没有辜负父母的恩情，努力学习，小学毕业后回家照顾弟弟，帮忙做家务减轻父母的负担。后来碰到公社在招聘工作人员，我成了苏木政府的工作人员。从打字复印开始，我做过秘书、妇联干部、文教助理、卫生助理等工作，最后做了计划生育助理工作，干了十几年后退休了。在担任计划生育助理工作期间，我骑马走遍了公社三千五百平方公里，做调研、宣传党的政策，且多次获盟市、旗县、苏木级先进个人荣誉。1995年，我获得全国总工会授予的"五一劳动奖章"；1998年，我获得国家计划生育委员会授予的"全国优秀计划生育工作者"。为了不辜负党、人民和父母的恩情，我努力工作着，在岗位上做出了成绩并受到党和政府的表彰。

　　我的爱人叫特格希巴雅尔。我们有一儿一女,在牧区放牧,在旗中心巴音套海镇有楼房。我孙女在市小学读书,学习成绩很好。我的女儿学了医,医学院毕业后考上苏木医院当了护士,现在已经成了家。我父亲于2012年去世,后来母亲也患肺癌病逝。我们把父亲的遗体埋在了故乡的罕乌拉山下,每年草长莺飞的时候都会敬献鲜花,为他祈祷。现在,我们照看着孙子们幸福地生活着。

　　我虽然生在上海,但从小离开亲生父母和至亲的人们,我不知道我的亲生父母是什么样的人,也不知道自己姓谁名甚,从小得到党的关怀,在保育员阿姨和养父母照料下,幸福健康地成长,在内蒙古成家立业了。苏木政府还组织了"国家的孩子"去上海认亲活动,但是我没找到任何线索。如果能找到亲生父母,我会跟他们说:"我来到内蒙古生活得很好,在保育员阿姨和养父母的爱护下成长并已成家立业,过得很幸福。"他们听了肯定会特别高兴。

青年时期的乌达巴拉其其格

赵英：内蒙古给了我两次生命

于洋｜文　李炳辰｜图　　发自呼伦贝尔市

20世纪50年代末60年代初，上海、江苏、浙江、安徽等地一些被政府收养的孩子面临着死亡威胁。为了让这些失去父母的孩子存活下来，给他们一个温暖的家庭健康成长，国家想到了远在千里之外的内蒙古，这些孩子也因此投入了内蒙古母亲温暖的怀抱，赵英就是其中之一。

赵英，1960年12月随着大批"国家的孩子"从上海孤儿院来到呼伦贝尔盟医院。在医院做了一段时间治疗和调养后，这些孩子陆续被牧民们领养。在肉联厂上班的养父得到消息赶到盟医院时只剩下三个孩子，角落里小小的赵英引起了养他的注意，于是便有了这一世的亲情。

因为养母是残疾人，不能生育，所以养父母一直没有孩子，赵英的到来给家里增添了许多欢乐。刚到家的赵英身体极弱，养母想方设法给她增加营养，发现她爱喝牛奶，就把饼干泡在牛奶里一点点喂她吃。在邻居们认为赵英根本活不下来的情况下，她奇迹般地好起来了，六岁时终于学会了走路，父母悬着的心也总算放了下来。

身体好了的赵英成了养父母的"小跟班"，衣服口袋里酸甜可口的山楂片就再也没断过。后来，父亲还让母亲给她买了一块小手表，那在当时可是奢侈品，让别的小朋友羡慕了好一阵。日复一日，赵英在养父母的精心养育下健康长大了。

二十八岁时，赵英结了婚，三十岁时有了一个宝贝女儿，一家三口虽不富裕，但也其乐融融。可好景不长，厄运降临到赵英身上。赵英唯一的女儿十三岁时患上了尿毒症，让本就困难的家庭雪上加霜，高额的治疗费用和被病魔折磨得痛苦不堪的女儿让赵英身心疲惫。在社会各界的关心和帮助下，女儿的生命又维持了两年，但还是在2005年离开了人世。对女儿的深切思念让赵英陷入极度痛苦之中，生活的打击使她患上了严重的高血压、耳聋并伴随重度失眠，她感觉生活没有了希望。但社区和爱心人士没有放弃她，得知赵英家庭情况的海拉尔区健康办事处水岸社区给予她极大的关心和救济，社区的工作人员不仅定期到家中陪她聊天，逢年过节更是送去米面粮油等慰问品，让命运坎坷的赵英一家深切感受到来自党和国家的温暖，使她渐渐走出人生的阴霾。2019年，在亲戚和爱心人士的帮助下，赵英和老伴去了一趟上海，走在大城市的街道上，赵英内心挂念的还是呼伦贝尔，她说："我就是内蒙古人！"

从黄浦江畔到北国边陲，六十年来，"国家的孩子"在内蒙古落地生根，在母亲温暖的怀抱中被呵护着长大成人，每一则鲜活生动的故事，都是一首民族团结的赞歌。

赵英与丈夫

花拉:我和我的母亲

于洋 | 文　　| 李炳辰 | 图　　发自呼伦贝尔市

初见花拉,她戴着红色边框眼镜,幸福的笑容洋溢在脸上。花拉是"国家的孩子",也是内蒙古的孩子。1960年,她来到千里之外的内蒙古呼伦贝尔盟陈巴尔虎旗,从此扎根内蒙古。如今,半个多世纪过去了,她早已融入内蒙古,幸福地生活着。

1960年,花拉与其他"国家的孩子"一起来到呼伦贝尔,当时只有几个月大,在海拉尔育婴院被精心照顾了一年。1961年冬,花拉被陈巴尔虎旗东乌珠尔苏木海拉图嘎查的一对牧民夫妇收养。那一年,养父乌日白三十岁,养母其其格二十九岁,花拉一岁。12月3日,是养父母领养她的日子,也成了她的生日,在六十载日夜相伴的岁月中,原本陌生的内蒙古成了她眷恋的故乡和归宿。

"那时,领养孩子不能自己挑选,政府会根据报名领养家庭的具体情况进行分配。给年纪较大的夫妇分配男孩,给年轻夫妇分配女孩。领养家庭要么是生活条件好,要么家里有共产党员!"花拉告诉记者。

刚到内蒙古的花拉非常瘦小,养父母为了给她补充营养,特意为她准备了一头奶牛。当时,政府每月为"国家的孩子"提供五公斤米面油。

为了不让花拉感到孤独,在她五岁的时候,养父母又收养了一个男孩。从此,没有血缘关系的四个人组成了其乐融融的四口之家。

小时候,花拉是母亲的"跟屁虫",母亲走到哪,她就跟到哪,一刻也不愿离开。养母其其格是位朴实贤惠的妇女,不但擅长针线活,还会做各种各样的奶食品。花拉从小耳濡目染,一样不落地学会了这些手艺。

养父乌日白年轻时当过兵。养父曾说:"我们对'国家的孩子'要比对自己亲生的孩子还要好,我们有责任把'国家的孩子'照顾好。"

"从小到大,父母在吃喝穿戴方面从未亏待过我,还供我上到高中毕业。"在花拉的记忆中,养父母待她如亲生女儿一般,她从未感觉到自己是被领养的孩子。十八岁那年,养母郑重地告诉花拉她的身世,说她是"国家的孩子"。"我一开始不相信,后来慢慢地接受了这个事实。"花拉回忆起这段往事,眼圈有些泛红。

"母亲告诉我,我刚来的时候身上有一个手环,上面写着'牡丹花',还有我的出生日期。"花拉回忆说。因为这个,养父母便给她起了现在的名字。花拉,是美丽的花朵的意思。

吃手把羊肉、喝奶茶……在党和国家的关怀下,在养父母的言传身教精心养育下,花拉健康地长大了。

1981年,高中毕业的花拉来到哈尔干图苏木学校从事后勤工作,1985年被调到哈尔干图苏木妇女联合会。后来,她还担任苏木宣传委员、苏木副书记、陈巴尔虎旗妇女联合会副主席、计划生育局副局长、老干部局副局长等,直至2016年退休。

花拉一直谨记着父母对她的教海,在平凡的岗位上一步一个脚印地辛勤工作,用自己的青春和热血回报着内蒙古这片土地。由于工作认真、积极上进,花拉于1986年光荣地加入了中国共产党。她也多次获得"自治区优秀妇联干部""呼伦贝尔盟优秀妇联干部""陈巴尔虎旗优秀党员"等荣誉称号。

1989年,花拉和额尔敦苏古拉结婚,婚后两人有了一个可爱的儿子。爱人有八个兄弟姐妹,家庭条件困难,结婚时买不起房子,花拉的养父母不仅为他们买房,还一直在生活上帮衬他们。

草绿了又黄,黄了又绿,四季交替中,花拉的孩子长大了,养父母也渐渐苍老了。

多年来,花拉全心全意照顾年迈的养父母,直到2015年两位老人相继去世。花拉说:"养育之恩大于天,是父母将我养大,给了我幸福的生活,是他们给了我第二次生命。"

2002年,花拉由于工作原因去了一次上海。看着大城市的车水马龙、霓虹闪烁,花拉心中想念的是呼伦贝尔夜空的漫天繁星。在她心里,养父母就是最亲的人,呼伦贝尔才是家。

如今六十多岁的花拉已退休,在陈巴尔虎旗经营着一家商店,售卖自制的奶制品。她的弟弟在海拉图嘎查生活,姐弟俩从小关系就很好,逢年过节弟弟总会带着新鲜的牛羊肉来与姐姐团聚。

"感谢党和国家,我作为三千孤儿中的一员来到呼伦贝尔,从此有了温暖的家。我始终铭记党和国家的恩情与父母的养育之恩。我会尽自己所能报答这片土地上善良的人们。"花拉诚恳地说。

花拉

其日麦拉图：我是内蒙古的儿子

陈巴尔虎旗民政局　　文｜图

　　我是内蒙古的儿子！这是其日麦拉图发自肺腑的声音。

　　我们今天的主人翁，就是三千孤儿中的一员——陈巴尔虎旗东乌珠尔苏木海拉图嘎查牧民其日麦拉图。

　　他深情地回忆：我户口本上的生日是1960年4月30日。1961年初夏，正是芍药花刚打骨朵儿的时候，我的养父从夏营地驾着牛车颠簸了一天，来到海拉尔幼儿园领养了我。听父亲说，他得知上海送一批孤儿来海拉尔的消息后主动向组织请求领养了一个男孩。当时的我严重营养不良，头特别大，身子是皮包骨。看到我这副模样，邻居们都有点担心地说："这孩子能不能活下来啊？"来到内蒙古时我还没有名字，父亲为我取名其日麦拉图，就是努力的意思，给予了我无限的期望。

　　据说，海拉尔幼儿园将我们集中照顾六七个月，将有病的孤儿治好后才交给牧民领养的。每个孤儿被领养时带着五公斤大米、五公斤白面和一些奶粉。

　　这一年，领养我的父亲嘎巴日五十四岁，母亲那布础力四十五岁，他们拥有一个幸福的家，已生育有三个姑娘。大姐姐那年已经二十岁，最小的姐姐也都十二岁了。我不知道他们一家人为什么对我这么好，可能有喜欢儿子的缘故，也可能是对体弱孤儿的怜悯，父母的爱超越了对"国家的孩子"的一份责任。在这个大家庭里，我享受到的父爱和母爱甚至超越了他们给予亲生儿女的爱，这是我终生感激两位老人的地方。

　　听父母说，母亲为了哄我睡觉，每天晚上都让我吸吮着奶头入睡。母爱使然，母亲的乳房竟流出了乳汁，奶奶见此也大为惊讶。我的小姐姐出入蒙古包时怕我从床上掉下来，就把我抱起来先放到地毯上再出去上厕所。父母和三个姐姐从来不对别人讲我的身世。十七岁那年，我才从亲属那里得知自己是被领养的孤儿。但我心里没有任何不快，因为对我而言，在父母和姐姐们面前领养和亲生的实在没有差别。后来，我因工作关系，到苏州、上海等地培训了一个月，那是我唯一一次贴近了故乡。在大都市里，我丝毫没有产生留恋江南的感觉，心里只想着内蒙古的父亲、母亲、爱人、姐姐……还有我的马群。

　　父亲曾经是内蒙古自治区人大代表、嘎查书记。在我们嘎查，算是见过世面的人，家境也不错，有一些牲畜。他从小就教诲我们山水草木都有生命，要爱护自然、爱护生命。我也一直给自己的后代灌输这个家训。其实，这是父亲传承下来的祖训。比如不会为了吃水而污染河流、不会为了采山丁子果而折断树枝。我成家后，父亲和母亲会时不时看望我的三个姐姐，但在谁家也不会超过两天，第三天就会找种种理由嚷着要回来，他离不开我这个唯一的儿子。父亲和母亲分别在八十四岁、七十岁先后离开这个世界，我以儿子的身份继承了父母的家产和牲畜。

牛羊肉和牛奶赋予我强壮的体魄。刚满四岁，父亲就开始教我骑祖父的黄骠马，让我尽早融入牧区生活。我在苏木学校读到初中毕业后接过父亲的套马杆，当起了家里的顶梁柱。1979年，我担任嘎查团支部书记一职，组织和带领嘎查青年牧民开展嘎查的各种义务劳动和文艺活动。

在那个物资匮乏的年代，团的工作是非常活跃的。那时家庭也好、嘎查也罢，都迫切需要年轻力壮、手脚勤快的劳动力，我们到哪都受欢迎。1983年，我结婚了，是自由恋爱，娶了附近牧户的姑娘乌仁图雅。当时我们仅有的两头牛，是姐姐们给的，这就是我俩的全部家当。父母亲当年留给我的几头牛在一个叫秀土的地方出敖特尔时受灾全部都死掉了。现在父亲留下来的财产只剩一个铜桶和一个铜勺子，非常结实，我们一直使用着。我要把它们留给我的孩子，世世代代留作纪念。

1987年7月19日，我入党，接着又当选了几届苏木、旗人大代表。1995年，担任嘎查书记，连续当了八年嘎查领头人，这是我人生中最难忘的时光。我只能用劳动和付出实现自己的价值，也以此回馈母亲对我这样一个孤儿的无私厚爱。那几年，我不遗余力地带领牧民投入嘎查牧业生产和生态建设中，牧民的收入逐年提高，我们嘎查成为全旗机械化程度最高、疫病防治和棚圈建设最好的嘎查。

我们嘎查的牧民巴拉吉一家有六口人，因自然灾害没了牲畜。我把自己的一头牛给他当基础母畜，还动员其他有条件的牧户帮助他。后来，他家完全脱困。贫困牧民满都拉的姑娘出嫁，我送了一只羊。扶持嘎查很多贫困家庭时，我一般都会在孩子出嫁时送牲畜，因为我的家庭也并不富裕，不会给解馋吃的羊。在立业的时候帮忙也算是对年轻人今后生活的美好祝愿吧。我扶持时间最长的贫困户是乌仁图雅一家，从1997年开始扶持了二十多年。在她的配合和努力下，目前也已脱贫，她儿子还考上了内蒙古民族大学。

最让我欣慰的是嘎查的治沙成果。胡列也吐湖东侧的杨树林就是我当书记时带领十名嘎查青年一坑一坑地挖了二十多天辛苦栽下的，如今那里已是郁郁葱葱了。

当嘎查支书是需要无私付出的，有时一走就好几天，下乡救灾保畜、防疫统计、扶贫解困，都需要书记身体力行。那时还没有车，出门不是骑摩托就是骑马，我一出了门家里就人力不足，牲畜无人照看，爱人照看三个孩子上学，没有时间顾及其他，生活来源也成为问题。但那个年代的人都一样，都是这样走过来的，我担任二十三年嘎查职务是没有任何报酬的。

我大儿子已从牡丹江科技学院美术专业毕业，二儿子在山东学习，小儿子从乌兰察布牧业学校毕业。三个儿子已全部结婚成家，现在在海拉图嘎查中俄边境的度日哈日湖边经营畜牧业。

我们家现在承包九百三十多万平方米草场。前几年，孩子们经营起了"巴特尔游牧人家"牧户游,景区一年也有十万元的收入。我的大儿子巴特尔朝克图现在又成了嘎查支部委员,他也担任过一届嘎查团支书,也像我一样热心帮助别人。在大儿子身上,我似乎能看到了自己年轻时的影子。

现在,我虽然已退休,但嘎查里有破雪开道等工作,我都热心参与,力所能及地支持嘎查工作。这是我的一份责任,并不是做给谁看,毕竟在这一方热土上生活着我的父老乡亲。

现在,我的牲畜已从成家时的两匹马,变成九十多匹马、八百多只羊。我还有一个愿望就是恢复祖父的骆驼群,实现五畜兴旺的生活。我已和这片土地融为一体。

我们嘎查一共有三个上海孤儿,我们也经常走动,也听说了内蒙古一些地方的孤儿南下寻亲的消息。我们都不为所动,生命、爱情、理想,我们的全部都是内蒙古母亲给予的,我是一个纯粹的牧民,你看我父母亲的相片,你看我的轮廓,你看我的这些孩子的长相,我早已融入了这片养育我的土地。

我知道,民族团结不是一句空话,民族团结是国家繁荣、边疆稳定的基础,我当过嘎查书记,这个我懂。我已经在内蒙古扎根了,我感恩父母亲把我培养成人。我的命运可以说是民族团结的结果,我是这样想的。余生,我还要像我的父母一样,善良做人,勤恳劳动。

儿时的其日麦拉图

其日麦拉图与父母、亲戚合照(1981年)

其日麦拉图的幸福之家

米娜:白面糊糊养活我长大

潘永明 | 文　李炳辰 | 图　发自呼伦贝尔市

1958年11月26日出生的米娜两岁半时到内蒙古,被养父母抱养时她叫米娜,养父母抱养她后仍然叫她米娜。

她的家庭成员状况是新巴尔虎左旗民政局局长王通宝帮我写在采访本上的:新巴尔虎左旗阿木古郎镇白音敖包嘎查牧民,现住阿木古郎镇。养父米德布,牧民;养母边巴扎布,牧民;丈夫普日布苏荣,牧民;儿子那仁满都拉,牧民;长女萨如拉,牧民;次女娜仁图雅,牧民。

米娜

米娜的腿是先天性残疾,因为生活困难,只上了两年学就辍学了。四岁时,养父母告诉她她是上海来的孤儿,是抱养的,她不信。她是家中的独生女,父母对她的关爱比别家对自己的孩子有过之而无不及,怎么会是抱养的呢? 再说了,抱养孩子为什么不抱养个健康的,偏偏抱养个残疾孩子? 她打死也不信。上学时,工会干部告诉她,她是"国家的孩子",她不信,直到成年,别人不容置疑地告诉她她是"国家的孩子",她依然没有找到被抱养的感觉。

唯独能让米娜找到她是"国家的孩子"感觉的是儿时的白面糊糊,因为她是"国家的孩子",国家每个月给家里的白面父母舍不得吃,熬了糊糊喂小米娜。她说:"我是吃国家的白面糊糊养大的。"

花甲之年的米娜得到了三个孩子无微不至的关爱,政府为她发放低保金和残疾人补贴。"国家的政策这么好,如果还埋怨,还发牢骚,那就没良心了。"米娜唯一的遗憾是刚成家那阵子生活困难,没有条件很好地孝敬养父母,现在条件变好了,养父母已不在了。

米娜没出过远门,她也不想出远门,她说,当地人淳朴、厚道,娘家、婆家、邻居都相处和睦,她哪里也不想去,"这里就是我的家"。

乌兰巴特尔：几代人还不起的恩情

潘永明｜文　李炳辰｜图　发自呼伦贝尔市

"我的养父养母是鄂温克族，我的干爹干娘是蒙古族，我欠下他们的恩情，几代人都还不起。"

刚刚退休的乌兰巴特尔眼里闪着泪花。

养父马哈斯对于乌兰巴特尔而言只是个概念，只是听养母讲过，是个摔跤手，日本人占据呼伦贝尔时被抓去做劳工折磨死了。1960年，养母伊敏花从呼伦贝尔医院抱养乌兰巴特尔时已过花甲之年。乌兰巴特尔身份证上的出生日期是1960年7月12日，来内蒙古时自己有多大已没有记忆，身份证上的出生日期估计是养母抱养她的日子。

养母原本有两个儿子和两个女儿，一个儿子被日本人打死了，另一个儿子被日本731部队做了试验。抱养乌兰巴特尔后不久，养母又抱养了一个姑娘，年迈的母亲仍然打草放牧，乌兰巴特尔和妹妹由两个姐姐照顾。

当讲到养母和两个姐姐均已过世，乌兰布特尔为无法回报养母和姐姐而惋惜。

乌兰巴特尔从南方来到呼伦贝尔之初被安置在呼伦贝尔盟孤儿院，孤儿院的女院长有意抱养乌兰巴特尔，可当时院长已身怀六甲，她当时的想法是生了女儿就抱养乌兰巴特尔，可不久后生了个儿子，尽管没抱养，但院长却表示"这孩子我帮到底"。于是，院长和在法院当院长的丈夫成了乌兰巴特尔的干娘、干爹，经常关照他。乌兰巴特尔长大后找工作娶媳妇都由干娘干爹张罗。

乌兰巴特尔

1980年参加工作的乌兰巴特尔先后在伊敏煤矿、商业部门、粮食系统工作过，最后落脚于鄂温克族自治旗辉苏木任司法助理。辉苏木有五个"国家的孩子"，三女两男，相互都保持着联系。

乌兰巴特尔有两个女儿和一个儿子，退休后的他还能帮儿子打理草场牛羊，儿子承包了很大一片草场，养着五十多只羊、五十多头牛和十多匹马，每年还有一万多元的草场补贴。

娜仁其木格：扎根内蒙古六十年

于洋｜文　李炳辰｜图　发自呼伦贝尔市

持续的雨水让呼伦贝尔大草原上的绿色美景绵延不绝，牧民娜仁其木格家的草场展现出水草丰美、牛羊成群的景象。

娜仁其木格是内蒙古自治区呼伦贝尔市新巴尔虎右旗的牧民，这个穿着蓝色蒙古袍，皮肤黝黑的妇女和当地其他牧民别无二致，但她还有一个特殊的身份——"国家的孩子"。

1959年末，来自上海、江苏、浙江等地的三千孤儿被接到内蒙古由牧区牧民抚养，他们有一个共同的名字——"国家的孩子"，娜仁其木格和弟弟巴图呼就是其中的两名。

娜仁其木格和弟弟巴图呼来到内蒙古时一个六岁、一个五岁，已记不清当时的情形，只记得姐弟俩从上海坐着火车来到海拉尔，又从海拉尔去了满洲里保育院。当时，政府对前来领养"国家的孩子"的牧民提出的要求是希望能将姐弟俩一起领养。于是，在医院当护士的姑姑将姐弟俩一起送到了新巴尔虎右旗阿日哈沙特镇阿敦础鲁嘎查的养父母家。

养父母先后领养过四个孩子，但都不幸夭折。姐弟俩到家后一直身体十分健康，朴实的养父母觉得与这两个孩子有注定的缘分。

因为弟弟当时年纪小，爱撒娇黏人，一直是父母的"跟屁虫"，所以父母格外疼爱他一些，娜仁其木格则更加懂事勤快，小小年纪就开始帮父母干活儿。到了上学的年纪，父母便将姐弟俩送到镇上的中心学校，但弟弟离不开家，天天哭着找妈妈。于是，弟弟上完一年级便辍学回家了，娜仁其木格则一直上到初中一年级。"那时，学校每个月的生活费得十二元钱，在当时可是一笔不小的费用，但父母从来都没有嫌多过，我每个礼拜从家回学校时还给我带奶食、肉干和馃子，他们用不多的语言和厚重的亲情把我和弟弟养育大。"娜仁其木格说。

阿敦础鲁嘎查地处中蒙边境，是一个传统的纯牧业地区。上完初中一年级，娜仁其木格也辍学回了家，和弟弟一起接过父亲的套马杆，成了牧民。

二十一岁时，娜仁其木格和阿日哈沙特镇团结嘎查牧民巴特尔朝克图一起成家立业。婚后育有三女一子，现在儿子跟他们一起在牧区生活，生活平静且富裕。娜仁其木格的弟弟也与一名当地姑娘结合，成家后住在离他们十几公里远的地方。闲暇时，娜仁其木格喜欢一个人走走，她觉得这样才能找到自己，内心才能更踏实。

每每提起已经去世的养父母，娜仁其木格总会流着眼泪说："虽然亲生父母迫不得已把我和弟弟送到了孤儿院，但我俩又是幸运的，成了'国家的孩子'，国家的政策好我们才存活下来，养父母的善良和大爱使我们姐弟俩能幸福地在内蒙古生根发芽,有了这么好的生活。感谢国家、感谢养育我们的这片土地,唯一遗憾的是子欲养而亲不待。"她的这番话令在场的人们都为之动容。

这些南方孤儿扎根在内蒙古,深知身上背负着祖国母亲的大爱与养父母和这片土地的大恩,他们倾尽全力用实际行动来报答他们深爱的内蒙古。

娜仁其木格

娜仁其木格与儿子

娜仁其木格

乌云其木格：我从不孤独

于洋 | 文　　李炳辰 | 图　　发自呼伦贝尔市

1960年前后，我国物资短缺，上海等地孤儿院的孩子们面临粮食不足的威胁。内蒙古自治区党委、政府主动请缨，将南方的三千孤儿接到内蒙古让牧民收养，牧民们亲切地称他们为"国家的孩子"，像对待亲生儿女一样悉心照料。其中，被呼伦贝尔牧民收养的孩子有将近三百个。现在，这些孤儿都已成为优秀的牧民。

乌云其木格的样貌、举止已与牧民全然相同。实际上，乌云其木格出生于上海，她有一个特殊的身份——"国家的孩子"。

1962年秋，乌云其木格从上海辗转来到呼伦贝尔，被养父巴拉吉尔和养母艾利特贵收养的时候才刚过一周岁。时隔多年，乌云其木格回忆起父母时依然激动万分。

"当时母亲是嘎查书记，响应政府号召和好朋友一起去领养了'国家的孩子'，领养条件特别严格，而且是抽签决定的，我妈抽中了我，阿姨抽中了一个男孩。"在领养乌云其木格之前，养父母已经领养了一个女孩。

"我父母特别好。小时候，家里生活条件也比较好，只要我们想要的东西，父母总会想办法满足，从不会亏待我们。"回忆中的六旬老人仿佛又回到孩童时代，脸上泛起孩子般的笑容。

养父在乌云其木格三岁的时候就去世了，养母的工作特别忙，乌云其木格和比她大五岁的姐姐从小就懂事地争着帮母亲料理家务活儿。

乌云其木格从小性格内向，不爱说话，去别的小朋友家玩时也不爱久留，周围的邻居总是说她不像本地人，性格跟本地人不一样。一来二去，乌云其木格对自己的身世有了疑问，在八九岁的时候终于忍不住向母亲开了口，母亲也没有隐瞒，大方地跟她讲述了"国家的孩子"的来历。

"那时也没多想，就觉得我和我姐都是妈妈亲生的。"

乌云其木格到这个家的第八年，母亲又领养了一个男孩。从此，四个没有血缘关系的人成了彼此生命中最亲、最重要的人。

"父亲去世得早，我印象不深了，但母亲是一个特别温柔善良的人，我从来没有见她生过气、发过火，她毫无保留地把爱都给了我们姐弟三人。"

呼伦贝尔草原枯黄又变绿、被白雪覆盖又被春风唤醒，四季更替中，乌云其木格长大了，在这片草原上放牧、结婚生子，一待就是一辈子。如今四个儿女均已成家，有的在镇上务工，有的在牧区当牧民。几年前，乌云其木格的老伴脑出血去世，之后她就一直跟着儿子生活，帮忙照顾孙子，镇上草原两头跑。

得知老人是坐了两个小时汽车赶来接受采访时，采访人员深感不安，但老人用淳朴的笑容和质朴的语言抚慰了我们："我父母一辈子都没让我受委屈，在我的心中，他们是最伟大的父母。没有党和国家，没有我的父母，就不可能有我现在这么好的生活。所以，我有义务、有责任把这份大爱传递，让更多的人知道。"

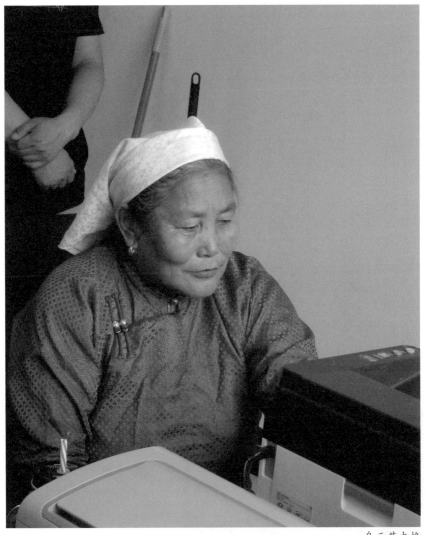

乌云其木格

德格希：扎根在呼伦贝尔边上

满都日娃丨文　敖民丨译　发自呼伦贝尔市

　　1960年9月，有一批孤儿从南方来到呼伦贝尔盟海拉尔市，我是其中一个。我的养父叫丹赞，养母叫策格米德，是呼伦贝尔盟鄂温克族自治旗西尼河东苏木巴音乌拉嘎查人，我从小被他们领养，和他们一起生活了二十七年。父亲在1983年因患胃病医治无效去世。母亲现在七十八岁，跟我的妹妹一起生活。到了上学的年纪，父母送我去上学，我上了小学和中学。进了中学后高兴地喝了酒，老师知道后告诉了我的父母，这也成了家里的大事。学校放假后，我回家看到父亲特别生气地坐着。父亲训了我一顿，说我这么小就开始喝酒，没教养，训了我好几天。开学后班主任也因我喝酒的事让我在同学面前罚站了一天。就这样，在父亲和学校老师的教育下，我暗下决心再也不喝酒，到现在都滴酒不沾。我十七岁辍学，成了大队里的卡车司机，并担任大队团委书记，成为大队委员。到了十八岁想应征入伍，但因为是家里的独生子就没能入伍，这个情况正是应了父亲的意愿，他也不愿意让独生子去当兵。没能去当兵成了我的一个遗憾。1979年，我跟一个叫巴拉吉尼玛的女孩结婚，有了一儿一女。

　　那是1972年的事情。有一天，我照旧出去放羊，突然刮起暴风，刮得我什么也看不见，我一个人看不了羊群，找了个大树避风。过了很久，暴风小了很多，但是羊群不见了，我也无法辨别东南西北，连夜走到了个鄂温克人家里住下了。父亲跟大队工作队的人们一起寻找无果，到了第二天，他用望远镜寻找我，看到有家院里拴着一匹马就往这边走，找到了我。在父母照料下成长的我，遇到有困难的人就会心疼他们、帮助他们，帮助患病的老乡，带他们去很多地方看病。我跟着赤脚医生学了很多技术，后来因宰羊速度快闻名邻里，做了二十几年宰羊的活儿。我还在鄂温克族自治旗公安局、鄂温克族自治旗政府、政协，西尼很苏木等地跑司机。现在，孩子们都有自己的生活，我边负责看管嘎查的文化屋边放牧，过着自己的生活。

德格希与养母策格米德、养父丹赞

滕凤琴：我就是内蒙古的孩子

于洋 | 文　李炳辰 | 图　发自通辽市

1960年至1963年，历时三年，内蒙古先后接纳了三千余名来自上海、江苏等地的孤儿，这些被称为"国家的孩子"的孤儿们被分批送入内蒙古各盟市。

生活在通辽市的滕凤琴就是通辽人滕贵喜和王淑云收养的"国家的孩子"。

"我听我妈单位一个阿姨说的，我妈去领我的时候，我一直盯着她，眼睛不离开她，不瞅别人，就好像特别有眼缘似的，然后我妈就给我领来了。"就是这一眼，让漂泊的落叶有了幸福的归宿。

滕凤琴家是双职工家庭，养父在当时的哲里木盟商务局工作，养母是棉织厂职工，家庭条件不错。滕凤琴从小不愁吃穿，零花钱不断，还经常下馆子，让同龄人都羡慕不已。"我是在蜜罐里长大的，吃喝穿戴都可着我，别的孩子吃着大饼子，拿着大葱蘸酱就能吃，我从来都没吃过。"养父母的爱，甚过春暖花开，他们用无微不至的疼爱给了滕凤琴好的生活。即便在九岁时就从旁人的议论中得知自己不是父母亲生的这个事实，滕凤琴也从未有过一刻的不安。

滕凤琴中学毕业后在家等待分配，她想在等待的时间里去做临时工，但父母生怕滕凤琴受委屈，一口否决。毕业五个月后，滕凤琴被分配到市排水管理处，直接从校园进入单位，可谓顺风顺水。

作为独生子女，滕凤琴享受着父母全部的爱，虽然没有血缘关系，但在多年的相处过程中，他们早已血脉相融。母亲王淑云直到去世前都牵挂着女儿，她给外甥留下遗言，希望往后的日子里大家能多关心、多帮助滕凤琴。

滕凤琴今年六十四岁，家庭幸福，生活美满。她有一个儿子，还有一个八岁的孙女，当了奶奶的她看起来依然精致而优雅。年过花甲的滕凤琴养儿育女，看尽生离死别，或多或少也尝过了生活的酸甜苦辣。滕凤琴知道自己是被领养的孩子，但从未与父母谈过这个话题。父母离世后，她从母亲同事那里得知自己是六十年前从上海来到内蒙古的三千孤儿之一。前几年，滕凤琴结识了其他生活在通辽地区的"国家的孩子"，大家通过各种渠道寻找自己的亲生父母，但至今没有眉目。

"顺其自然，知道自己的根在哪里就满足了。感谢党、感谢国家，感谢内蒙古人民的大爱，感谢父母对我无微不至的关爱。特别感恩，如果没有共产党，我们现在生死难料。"滕凤琴回忆起与养父母的相遇，始终觉得自己是最幸运的人，对于寻亲，对于自己的身世，扎根在内蒙古的她似乎没有太深的执念。

儿时的滕凤琴

滕凤琴

常亚南：永远的赞歌

黄翰馨｜文　李炳辰｜图　发自通辽市

甜蜜的童年　难忘的过往

从小，常亚南家境优越，享受着"相当好的待遇"。军人出身的养父常占梅参加过抗美援朝，养母梁玉兰是随军护士。把八个月的常亚南抱进家门时，父母已经年届不惑。

小时候，常亚南是母亲的"跟屁虫"，母亲走在哪儿，她就要跟在哪儿，一刻也不愿离开。小时候，她的挑食也是出了名的，青菜只吃蒜苗、韭菜和香菜，吃肉只拣瘦的，且挑选形状顺眼的，吃鱼要吃自己家收拾的……只要肯吃，母亲变着法去做。常亚南喜欢吃甜食，红糖馒头蘸白糖吃，苹果吃够了，母亲就托人从外地捎回来菠萝和香蕉。当时，能见到香蕉的孩子并不多……

在极度的呵护和爱的包围中，常亚南磕磕绊绊地成长起来了。

然而世事难料。常亚南五岁那年，母亲患病，三番五次医不好，去北京后被确诊为子宫癌。回来后，母亲就起早贪黑，没完没了地做棉衣棉裤，六岁的、七岁的、八岁的……好像要把女儿一辈子穿的衣服都做完。

后来，不知为何，关于上海孤儿身份的闲言碎语开始在学校里流传。街道是个小社会，谁家孩子是抱养的大家都清楚。为了脱离原来的生活圈，母亲为常亚南办理了转学手续，人走家搬。上学、就业、嫁人……有慈母严父把关，常亚南一路顺风顺水。

随着岁月的流逝，常亚南父亲的身体状况越发糟糕，母亲的身体也被多年的病魔纠缠。父亲患病的几年里，常亚南奔波于医院、单位和家之间。母亲看着日渐憔悴的女儿，执意要将父亲送到乡下侄儿家照顾。常亚南顿时急了："谁能有咱照顾得精心？如果我爸犯病了，去医院来得及吗？"

1996年，常亚南的父亲去世。父亲在重症监护室时，常亚南在走廊坐了四天五夜，父亲走后，她几乎崩溃。有一次，她在厨房做饭，看见窗外有个老人走路像父亲，便跑着追了过去。十个月后，母亲也走了。她哭得天昏地暗，她再次成了孤儿。母亲走后的那年春晚，一首《常回家看看》火了，唱遍大街小巷，常亚南边听边哭。

寻亲重要　感恩更重要

常亚南是生活在通辽的"国家的孩子"的寻亲发起人。在她的家里，堆着成摞的寻亲资料。

随着年岁渐长，养父母相继离世，"国家的孩子"们的儿女也已成年。他们终于有时间和精力去梳理和触碰内心多年的褶皱——关于自己的杳渺身世，关于远方的亲人和故园。埋藏在他们心底的小火星再次被点燃。

2008年3月8日,仅凭从上海来的这一条线索,常亚南登上了飞往上海的班机飞到上海。常亚南怀着激动的心情踏上这片土地,加入拥挤的人潮。找企业、查档案……找寻了三天一无所获。

2010年,生活在通辽以及内蒙古其他盟市的"国家的孩子"南下找寻自己的生命之根。但因历史的荒芜、记忆的破碎,又一次一无所获。经历一次次无果后,常亚南一次次与自己和解,与命运和解。寻亲之旅是坎坷的,但作为在风风雨雨中走过来的人,常亚南越来越感受到,无论是否能找到亲人,都应该怀着一颗感恩的心。

日子如同每天升起的炊烟,袅袅飘走。六十年,宛如一梦。曾经的无奈,早已如烟飘散。

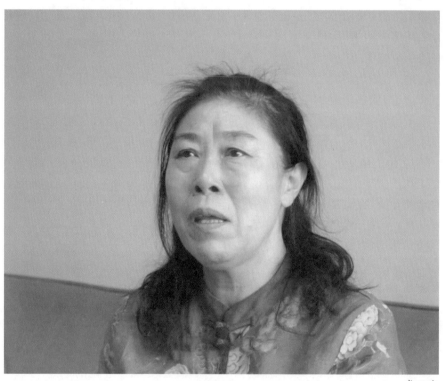

常亚南

李春兰：沪兰开在内蒙古

徐晓鹏｜文　　李炳辰｜图　　发自通辽市

"父母为什么会抛弃我？"她时常会在心里发出这样的疑问。初闻时，满心不解，长大后，主动靠近历史达成和解，一晃一甲子过去了……

1960年前后，由于物资短缺，上海孤儿院的孩子们面临生存威胁。在党和国家的关怀下，三千孤儿远赴内蒙古，交由当地抚养。其中，六十名上海孤儿被送到哲里木盟，也就是现在的通辽市，李春兰便是其中之一。

"妈妈想要男孩，爸爸想要女孩，最后我来了。"1960年8月，刚刚两岁半的李春兰与其他五十九名孤儿一同来到通辽，经过体检和初期适应之后，小朋友要做出一个重要的选择——寻找自己的新爸爸、新妈妈。

领养地点在哲里木盟医院后的临时孤儿院内，"当时，在场的小朋友都被看护阿姨引导着叫'妈妈'，因为刚换新环境，我害怕，一直没有出声，直到妈妈转过身要出门，我才大喊了一声'妈妈'……就这一声，一下子就把我妈妈喊过来了……"李春兰后来找到了当时的看护阿姨。在阿姨的回忆中，李春兰的母亲回过了头，流下了眼泪，抱起了瘦弱的她。

"妈妈对我特别好，为了照顾我放弃了工作，给我洗衣做饭，遇到好吃的心心念念留下来给我。爸爸对我严格要求，学习、品德，从各个方面引导我健康成长……他们与我身边其他同学的父母一样，很多时候甚至更好、更棒。所以，我小时候从来没有怀疑过自己的身份。"在李春兰口中，她的童年一直是幸福快乐的，直到上了小学三年级。

与往常一样，下课时间同学们在一起晒太阳。这时，其中一个同学突然对李春兰说了一句让她情绪崩溃的话："你不是你妈生的，你是被领养的，我们都是妈妈生的，就你没有妈妈……"

听到这句话的李春兰特别激动，三步并作两步跑回了家，奔到妈妈面前，问："妈妈，我是从哪儿来的，同学说我是没有妈妈的孩子……"

"你当然有妈妈，我就是你妈妈，爸爸就是你爸爸！"李春兰现在还清楚地记得当时母亲愤怒的样子。擦掉泪水，牵上女儿柔软的小手，母亲转身直奔学校。最后，老师当着全班同学的面说："李春兰是妈妈生的，我们都是妈妈生的，今后谁也不许说李春兰是被领养的……"

回忆到这里，李春兰眼角带着泪光："那时，我妈妈就像个斗士一样，护卫了我的童年时光。"

"是党和国家将我送到了爸爸、妈妈身边，让我有了温馨快乐的童年，即便我长大得知了自己的身世，也依然受到了很多照顾。"高中毕业后，李春兰顺利分配工作。她说："除了幼年的坎坷，我这一生其他阶段都因为国家和父母的守护而顺当、无波折。"

"妈妈将我的名字李沪兰改成了李春兰,她用行动告诉我,我永远是她的孩子,这是她留给我的温暖亲情。我真的特别开心自己能成为他们的孩子,生活在他们身边。上海的沪兰扎根在了内蒙古,我就成了内蒙古盛开的兰花",李春兰的话语中满溢亲情。

儿时的李春兰

李春兰与养父母

李春兰、李春兰养父、李春兰养父的孩子

李春兰

李春兰

闫晓海：生命的渡口

徐晓鹏｜文　李炳辰｜图　发自通辽市

关于"从哪里来的"这个问题，六十七岁的闫晓海至今没弄明白。

童年的记忆里，家门前有一条河日夜奔流，吴侬软语，四季湿润。

时光就像一道流动的长河，纵然干涸，遇水复涨。然而，他始终记着家门前那条河，以及渡口上的往来。一定是有些什么，被遗忘在了岁月的风里。

火车哐当哐当地响着，沉重的车轮从钢轨上碾过去、碾过去，像是碾碎了他童年的梦幻，那车窗外一晃而过的荒凉戈壁，像是他失去的家，命运的列车不知驶向何方。这是1960年深秋，闫晓海六七岁时的样子。

列车走一段，停一站，被抱下去一波孩子。闫晓海就在其中，当时他并不知道，父亲当年的选择从原点上改变了他的一生。

养父闫子厚原来是中国人民解放军第四野战军的高级将领，中华人民共和国成立后来到当时的哲里木盟通辽市政府工作。到了新家后，上海来的闫晓海才有了现在这个名字。当时，家里有两个妹妹，一个是养父的侄女，一个是养父战友的孩子。

那时闫晓海的家庭条件相对来说还算不错。养母谢士华还经常从粮食、衣服、钱财方面帮助家庭困难的邻居。养母的勤劳和言传身教使闫晓海自小就能帮助母亲挖野菜、剁猪食。

养父谨言慎行，家教严厉，却从不打骂子女。闫晓海每次惹祸、学习成绩不好或者是没完成作业时，父亲总是给他谈古论今，讲做人之道，直到儿子承认错误才去睡觉……

严厉的养父也有着温和的一面，培养儿子时倾注的心力更多一些。从苦难的身世到被抓壮丁，从入伍加入中国人民解放军到参加解放战争……养父的传奇般经历经常让闫晓海听得入迷。

时间，像一个生活的医生，它能使心灵的伤口愈合，使绝望的痛楚清除。闫晓海在通辽这片土地落脚了、扎根了。

从上学到参加工作，他一直保持着"先进"。他的自律与宽厚，俨然是军人父亲的翻版。

"如果当初没来到内蒙古，那会是怎样的人生，拥有什么样的命运？"六十多年来，闫晓海内心推演出许多种可能性："或许与父亲相守一生，或许我连人都没有了。"当时来到通辽是因为被亲生父母遗弃，可闫晓海至今对父亲没有半点怨言。

那段岁月是特殊的，而绕进这漩涡中的孤儿，一面是对命运被改变的无奈，一面却是对这段岁月的无比的追忆与感恩。

"离离原上草,一岁一枯荣",宛如人生起起落落。闫晓海的六十七载人生中,其他的都可忽略,唯有那份缘不枯,那份情不变。

白晓梅:内蒙古的女儿

杨帆│文　李炳辰│图　发自通辽市

初见白晓梅,无论样貌、口音,与通辽本地人没什么区别。六十多岁的她,儿孙满堂,生活幸福。

可是,若要寻根,白晓梅生在江南。

白晓梅是"国家的孩子"中的一个。作为命运的弃儿,白晓梅最终被科尔沁草原宽广温暖的怀抱所接纳。

1961年,由于收养的孩子夭折,在通辽工作的白布细想和妻子再收养一个孩子。得知有一批从上海来到通辽的孤儿后,夫妻俩便来到保育院。

白晓梅说:"我当时已经两岁多。会叫阿姨,长得可爱,养母一看到我就决定收养我了。养母说,那是一种缘分。"

"养母告诉我,我刚来的时候身上有一个手牌,正面写着我的出生时间:1959年5月11日,背面写着:上海一带梅花。"白晓梅回忆说。因为这个,养父母便给她起了现在的名字。

后来,因为养父工作调动,白晓梅跟随养父一家来到科尔沁左翼中旗保康镇。

养父白布细朴实又热心肠。养母杜凤兰则较为严厉,对白晓梅管教严格,因为害怕她走丢或者被他人偷走,不允许她私自外出。

"我小时候挺淘气的。"白晓梅说。有一次,白晓梅在外面闯了祸,养母打了她,养父知道后非常生气。

"我们当时抱养她,可是签了保证书的,我们有责任让孩子健康成长。"养父白布细说。此后,养母再没有打过白晓梅。

白晓梅说,自己很幸运,无论是养父母还是亲戚,都对她挺好。

白晓梅的姥姥家在舍伯吐镇,小时候白晓梅经常去姥姥家。姥姥对白晓梅很好,有什么活儿都自己干,从来不让白晓梅做,有什么好吃的都给白晓梅吃。

"过年的时候姥姥给我做衣服,我说缝三个扣就行。姥姥却说:'那不行,要缝五个扣,否则穿上不保暖。'"白晓梅说,"我嫂子对我也好,过年的时候给我买红纱巾、蓝裤子。那时,这些东西可不便宜。"

"童年的记忆是永远在心里的。"白晓梅说,记忆里,天上的明月、姥姥家的黄牛,还有村里哥哥的赶牛声,都给她留下了深刻印象。

白晓梅二十二岁结婚之后一直定居在舍伯吐镇,有两个儿子和一个女儿。在通辽地区生活了几十年,白晓梅的生活习惯已与当地人没有什么区别,喜欢喝奶茶、吃炒米、牛羊肉。白晓梅说:"我很感激养父母,是内蒙古给了我第二次生命。"

很多人问过白晓梅:"你想回上海吗?"事实上,自从知道自己的身世后,白晓梅一直没有停止过寻找亲生父母。可是由于线索太少,多年来都没有收获。

白晓梅与养母

白晓梅

林宏：守望花开的日子

杨帆｜文　李炳辰｜图　发自通辽市

春日，午后，阳光晴好。

科尔沁区通华小区的一户民居里，林宏将八十八岁的父亲从床上扶起，然后为父亲打开氧气吸入器。"老爸，你看我是谁呀？是不是你的小棉袄呀？"望着女儿，父亲口齿不清，用力点了点头，一双浑浊的眼睛里尽是温柔。

记忆里，同样是一个天气晴好的午后。母亲把她抱进家门，隔墙与邻居打着招呼："从幼儿园接回来啦！"这是四岁的林宏对于家的最初记忆。

当时，林宏的母亲吴凤芹是东南门街道办事处主任，父亲林凤福是盟委小车厂的高级工。那年月，林家的生活条件非常好，和同龄人相比，林宏就是蜜罐里长大的孩子。

春天的风，微微熏熏。梦里花开，朵朵明媚，瓣瓣溢香。林宏在父母守望的那片土地里拔节生长。

母亲去世后，母亲以前所在街道的秘书王姨偶然谈起当年说，当时她看到了林宏的档案，林宏是在上海大世界附近被捡到的，在上海育儿院的名字叫石肖，领养回来后父母给她改名叫林宏。这一点，林宏在父亲那里得到了印证。

多年来的疑问，此刻开始明朗。

1959年至1961年，苏浙沪地区，尤其是农村，出现了较严重的粮食短缺。

"把孩子送到上海去，上海有饭吃！"这股洪流最终汇向上海，上海的育儿院、福利院也随即人满为患，粮食难以为继，而弃儿仍在上海街头不断出现。在党和国家的关怀下，三千孤儿远赴内蒙古。当时，有六十个孩子分流到通辽，年仅四岁的林宏就在其中。

不少孤儿身上都有亲生父母为了日后相认而留下的标记，有的是在耳朵上有口子，有的是在身上有口子，林宏的脖子右侧和左肩下方也有明显的疤痕。

林宏说："想想当时亲生父母是什么样的心情，要不是被逼到绝境怎么下得了手？那些血水一定是混着泪水的！为了让孩子活命啊，还有什么比骨肉亲情更难割舍的？有的母亲送走孩子后就一直哭，最后把眼睛哭瞎了。"

2015年，中央电视台记者采访林宏等生活在通辽的"国家的孩子"。由此，引起社会各界的关注。一个又一个生活在通辽的"国家的孩子"联络起来，"组团"去上海寻亲。

"我是谁？我从哪里来？"在上海的日子里，大家心里五味杂陈。"不到万不得已，父母怎么会抛弃孩子？"六十五岁的林宏更能理解亲生父母当年的处境，"我们就像随风飘散的蒲公英一样飘落到这里落地生根、开花散叶。大家说，就算找到亲人，谁还会去那边安家呢？我们早就是通辽人了。"

没错。岁月的长风吹散了许多过往,忘记了来时的方向。春风中,尚有一片花瓣珍藏着前世今生的记忆,其中流淌着鲜血、眼泪和汗水,而更多的是高歌、欢笑和生命的重生⋯⋯

林宏

田淑珍：下辈子我还做爸妈的孩子

杨帆 | 文　李炳辰 | 图　发自通辽市

20世纪50年代末60年代初，内蒙古用宽广的怀抱接纳了三千余名来自上海、江苏、浙江、安徽等地的孤儿。

如今生活在通辽的田淑珍就是其中之一。

1960年，孩童时代的田淑珍背井离乡、辗转流离，踏上求生之旅，来到通辽市，被哲里木盟通辽市红星镇巴家村田福财夫妇领养。

田淑珍说，她刚被领养的那段记忆是空白的，她最早的记忆就停留在养父母有做不完的农活儿时。后来，邻居家的嫂子告诉她，她刚到巴家村时眼睛长疮，身体不好，脾气还很大，怎么都哄不好。

在田淑珍的记忆里，养父母是温柔的，用视若珍宝形容父母对她的爱一点都不为过，真是捧在手心怕碎了，含在嘴里怕化了。

"我父母爱护我到什么程度呢？从小到大，没打过我、没骂过我，到了七八岁上街还是我父亲一路背着我，别人家小孩都没有这个待遇。"

怕孩子太小被人欺负，养母王素芹待田淑珍十岁时才送她去学校。当时，由于各种原因，孩子不到初中就辍学的现象非常普遍，但田淑珍却在养父母的坚持下完成了高中学业，成了同村同龄人中学历最高的一个。后来，她因为没考上大学选择放弃了学业。

每年农历十月初九，田淑珍都能吃到妈妈做的一碗面和两个鸡蛋，母亲告诉她，这一天是她的生日。

从小到大，周围的人总是有意无意地议论她的身世，懵懂的田淑珍开始意识到自己与别人的不同，也曾忐忑又难过地问过父母。"我说：'妈，人家都有兄弟姐妹，我咋没有呢？人家都说我是被领养的。'我妈就说，你别听人家的。"

因为怕伤害彼此，养父母和田淑珍都小心翼翼地维护着彼此的感情，直到养父母离世，谁都没有正式提起她的身世。"刚开始知道自己的身世时有点不舒服，但是我养父母对我非常好，所以就不会在意这件事情了。"

"养育之恩大于天，如果有来世，我做牛做马也要报答我的养父母。"田淑珍坚定地说，如果有下辈子，她还要做父母的孩子。

1960年，有一个不幸的孩子从上海来到通辽，她不知父母是谁，不知自己姓甚名谁，不知自己生日，也不知自己来自何方……

后来，那个来自南方的"小芹菜芽子"有了父母，他们是朴实善良的农民田福财和王素芹。她也有了好听的姓名，叫田淑珍。农历十月初九，是父母领养她的日子，也成了她的生日。而在六十载的日夜相伴中，原本陌生的内蒙古成了她眷恋的故乡和归宿。

田淑珍一家

田淑珍

呼群：被父母偏爱的孩子

徐晓鹏｜文、图　　发自赤峰市

　　呼群是"国家的孩子"中的一名。当时的领养条件很严格，要通过一系列的政审，无子女家庭优先领养。关于领养"国家的孩子"的家庭，各地区有不同的优惠政策。如巴林右旗领养"国家的孩子"的家庭可以领到一头乳牛，专为"国家的孩子"供应牛奶。

　　呼群的养父是旗畜牧局职工，养母是旗妇幼保健所妇产科医生，因为一场病，养母失去了生育能力。听说旗里接回"国家的孩子"，一直渴望有孩子的养父母，心中的激动和喜悦之情无法用语言描述。他们在保育院第一次见到这个瘦弱的女孩，就一眼就认定了她。他们把女孩接到家里，并取名叫呼群，意为力量，团结就是力量！养父认为，正是人与人的团结、中华民族的团结，才促成这跨越地域、超越血缘的亲情，他们希望这份力量可以一直激励这个孩子，开启她未来人生之路。

　　呼群来到养父母家时已经两岁，对于来到这个家庭以前的事，基本没有记忆。她儿时的记忆都来自这个抚养她成长的家庭。除了呼群，善良的养父母还陆续抚养了失去母亲的三个侄儿。在这个大家庭中，呼群依然是养父母最疼爱的女儿。对于这个瘦弱的"国家的孩子"，父母总是格外偏爱。在那个物资匮乏的年代，罐头、饼干、糖果都是限量供应的零食，而这些零食，呼群总是比其他孩子优先得到，很多时候父亲都是偷偷地"补给"她的。每逢过年过节，母亲无论多忙都会腾出时间为呼群亲手缝制新衣服。那时还没有电灯，母亲就点着煤油灯，把对呼群的爱倾注在这一针一线里。

　　随着年龄的增长，呼群从外界的议论中慢慢知道了自己的身世。关于呼群的身世，养父母从未刻意隐瞒。除了在生活方面悉心照料，父母对呼群的家教也非常严格。和同龄的女孩一样，呼群在成长过程中也经历了懵懂的少年时代和敏感的青春期。因为自己特殊的身世，她产生过自卑、叛逆的心理，曾一度变得不愿与人交流、内向孤僻、敏感脆弱。呼群说在她最敏感脆弱的那段时间里，母亲负责摆事实、讲道理，时而苦口婆心，时而严厉批评，父亲负责领着逛街下馆子哄女儿开心。他们视如己出的关爱和教导，打开了呼群封闭的内心。呼群说，她强大的内心是母亲给她的，而善良的秉性是传自父亲的，正好相得益彰！呼群是不幸的，年幼弱小、骨肉分离、颠沛流离，可她又是幸运的，生在中国，沐浴着党的恩泽，在父母的博爱中成长。

　　呼群说："人不能忘本，吃水不忘挖井人。"虽然她从来不对女儿们讲大道理，但总是用实际行动深深影响着孩子们。就在前不久，旗公安局为"国家的孩子"免费进行血样采集，将他们的血样录入全国脱氧核糖核酸库，大大提高了工作效率。如今，年过花甲的"国家的孩子"们儿孙满堂、生活幸福，正在安享晚年。他们寻亲是为了探究自己的身世,找到自己血缘上的根,而留在内蒙古是因为他们心灵的根早已深深扎在了这片热土上!

儿时的呼群

呼群的全家福

呼群

呼群的女儿宝力姐妹

呼群的女儿宝力姐妹

贾凤奎：养父母把我视为家中宝

潘永明｜文　李炳辰｜图　发自锡林郭勒盟

贾凤奎已经知道我们是来采访"国家的孩子"的，当照相机对准他的那一刻，他的眼泪就下来了！

贾凤奎，1960年5月生人，于1961年3月17日被养父母领养到巴音宝力格公社。养父贾金庭在联合厂工作，养母叫岳秀英，家庭条件在当时的年代算得上是优越的了。贾凤奎在这个温暖的家庭里过得特别幸福，养父母把他视为家中宝，疼爱无比，使他在童年和少年时期得以快乐成长。

贾凤奎最难忘的是养父母给他讲领养他时的情景："当时，我们骑着马从三十公里外的白音宝力格公社赶到旗里接了你。1961年3月17日中午，我们到达保育院。经工作人员介绍，我们走到你们这些孩子中间。当时去领养孩子的人很多，都在用各种方式认领'自己'的孩子。那时你也就十几个月，在床上坐着，肚子挺大，一看就让人觉得发育不良，体质很弱，在场的保育员介绍说，这个孩子出生后营养跟不上，肚子里有蛔虫，导致肚子胀气，慢慢调养后会逐渐好起来的。那时就想认领一个男孩，我看了一圈你们这些孩子，长得都差不多，而且女孩多，男孩少，看了一会儿，见你对我们笑了一下就心头一震，觉得这可能是缘，就把你认领了。办完领养手续后保育院的阿姨们又给你喂了点吃的，我们就把你接了出来。你没哭也没叫，很听话，我们把你接到旗里的亲属家住了一宿。第二天，我们一家三口回到巴宝力格公社的家里。"

贾凤奎说："从此，我就成了家中备受宠爱的宝贝。据养母说，随着营养和饮食的增加，我七岁的时候肚子就同正常孩子一样，身体逐渐强壮了起来，成了一个活泼开朗的孩子。"

贾凤奎长大后成了一名人民教师。1981年7月，他被旗教育局评为"优秀少先队辅导员"，并赴北京参加锡林郭勒盟首次少先队辅导员夏令营活动。

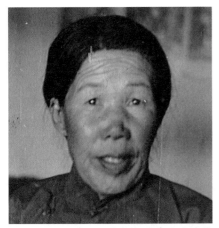
贾凤奎的养母岳秀英

贾凤奎的养父贾金庭

贾凤奎

高娃：我的根在内蒙古

于洋 | 文　　李炳辰 | 图　　发自锡林郭勒盟

高娃，1959年5月5日生(户口簿上的登记日期)，原籍上海，两岁左右来到内蒙古锡林郭勒盟西乌珠穆沁旗白音宝力格公社(现内蒙古锡林郭勒盟西乌珠穆沁旗浩勒图高勒镇巴彦宝力格嘎查)。1961年春，她被养父李相廷、养母王春芳领养，改名为"高娃"。

最初见到高娃时，根本看不出有一丝南方人的样子。

"那是一个初春的5月，乌珠穆沁草原上的雪还没有融化，空气中还有强烈的寒意。在1960年特殊的背景下，我的养父母积极响应国家的号召走进上海孩子们所在的保育院，在一个个嗷嗷待哺的小生命中，有个小姑娘一直对着他们笑，笑得那么可爱，妈妈觉得那就是她的孩子。我一个生在上海、乳名叫阿容的孤儿，在内蒙古找到了父母，找到了家。"每每说到自己的母亲，高娃总是忍不住泪眼婆娑。

由于严重缺乏营养，小时候的高娃骨瘦如柴、身体虚弱，时不时地感冒发烧，到五六岁才学会走路。"无论走到哪儿，母亲都会背着我，我人生的记忆就是从母亲的背上开始的。"高娃说，"家里好吃的、好用的都给了我，即便父母的生活再难，都不会让我受任何委屈，父母将全部的爱倾注在我身上。这份亲情，远胜过对亲生骨肉！"

1976年，高娃初中毕业，她到离家四公里远的农业点劳动、挣工分。高娃现在依然记得清楚，在她离开家的那天，母亲一直悄悄抹着眼泪，依依不舍。此后的几年里，每到饭点，母亲总要站在家门口，遥望着高娃所在的劳动点，直到天色渐黑看见劳动点的烟囱冒起了炊烟才能放心地回到屋里。

高娃十八岁时，母亲告诉她，她是"国家的孩子"，她对母亲说："其实，我早就知道自己是上海孤儿了。您放心，我只有一个家，那就是这里；我只有一个妈妈，那就是您！"母亲听着闺女的心里话，流下了幸福的泪水。

1985年，高娃的养母因病去世；1994年，高娃的养父因病去世。虽然父母相继辞世，但高娃从来没有觉得自己孤独，因为在她的心里不仅有父母，还有这片土地，自己就是内蒙古的孩子，内蒙古是她这一生唯一的家园。

采访中，高娃直爽又乐观的性格感染了在座的每个人。从小生活幸福的她从不觉得自己缺少过父母的关爱。高娃说，作为"国家的孩子"这一特殊群体的一分子，有责任把自己的故事分享给大家，让更多的人知道内蒙古人民的大爱和无私，有义务给子孙后代们讲好各民族像石榴籽一样紧紧抱在一起的可歌可泣的中国故事。

高娃与养父李相廷、养母王春芳

高娃

马桂珍：国家的恩情永远难忘

于洋｜文　　李炳辰｜图　　发自锡林郭勒盟

马桂珍，出生于1959年7月1日，现居住于锡林浩特市。

"感谢党、感谢国家、感谢内蒙古人民，没有他们就没有我们这些'国家的孩子'！"一见面，马桂珍就跟记者反复强调。

因为养父母一直到去世都没有告诉马桂珍她的身世，所以她无法得知自己是几岁来到锡林浩特市的，只是记得自己由于营养不良，到四岁还走路不稳。妈妈着急得到处打听办法，买来钙片天天给她吃。抱养她之前，养父母已经有一个亲生女儿，但对她们从来都是平等对待。1976年，马桂珍中学毕业，父母心疼她，不放心她去插队干农活儿。于是，父亲办理了提前退休，让她接替自己的工作。

在父母都去世后，马桂珍渐渐与一些"国家的孩子"有了联系。她也在中华寻亲网上登记了自己的资料，"不为别的，只是想知道自己从哪来，根在哪，想去看看那个地方。"马桂珍说。

现在的马桂珍和丈夫生活在锡林浩特市，唯一的女儿嫁到了乌兰察布市，从脸上一直挂着的笑容可以感觉到她现在生活得很幸福。

马桂珍

乔存娥：党的恩情永远铭记

于洋｜文　李炳辰｜图　发自锡林郭勒盟

乔存娥，1959年生人，大约两岁时辗转来到锡林郭勒盟，被生活在锡林浩特市的养父母收养。

"抱回来后姥姥最亲我。"乔存娥说道，"抱养我的时候父母是双职工，都快三十岁了。后来，养父母又抱养了一个男孩，俩人还要上班，无暇照顾我，就将我送到了山西的姥姥家。"由于每三年回锡林浩特市待一年，常年不与父母在一起，乔存娥和父母比较生疏，平时都是姥姥护着，姥姥是最疼惜她的亲人。

二十一岁那年，乔存娥回到锡林浩特市上班，通过当年一个在农场种菜的老阿姨知道了自己的身世。2006年，乔存娥在纪念乌兰夫一百周年诞辰的活动上认识了一些"国家的孩子"，现在仍偶尔有聚会。

乔存娥虽然年轻时生活得较艰辛，但近年享受了党和国家的好政策，住上了回迁楼房，夫妻二人都有退休金，现与儿孙一起生活。

乔存娥

125

通嘎拉嘎：太阳花

于洋｜文　李炳辰｜图　发自锡林郭勒盟

通嘎拉嘎，1958年6月1日出生。1960年春天，牧区妇女赞达拉将一名两岁的女孩抱回家，并给她起名叫通嘎拉嘎，希望她能健康地成长。

"你们看我家的通嘎拉嘎，漂亮吧？"母亲逢人便问，乡亲们纷纷祝福："通嘎拉嘎长大一定会是一朵美丽的太阳花！"

通嘎拉嘎说："后来听母亲说，他们第一次见到我时，我连头都抬不起来，身体非常瘦弱。从那时开始，父母就像摘到了天上的星星一样，时刻把我捧在手心里。"通嘎拉嘎两岁时，母亲赞达拉毅然辞掉工作专门照看她。而通嘎拉嘎以为母亲要将自己送走，抱着赞达拉的腿哀求道："我只要跟母亲在一起……"

通嘎拉嘎十岁时，母亲给她讲了她来到内蒙古的故事，并说："等你长大了，想回去找你的亲生父母就去找吧，你也多一些亲人。"通嘎拉嘎抱着妈妈说："我哪儿都不去，你才是我的母亲，我的妈妈！"

"令我记忆深刻的是，1969年母亲一股劲给我做好四季的衣服，当她拿着衣服一件一件给我时，我觉得她那么慈祥，又那么高大。我嘴里不停地念叨着：'母亲，我不走，我哪儿也不去！我就和阿爸阿妈在一起！'"通嘎拉嘎说："我始终没有离开过父母。尽管有过清贫的日子，但我们却是幸福快乐的一家。"

日子总是过得很快。1974年，通嘎拉嘎的父亲恢复工作回到了苏木。1981年，通嘎拉嘎成为达日罕乌拉苏木供销社的一名职工。1982年，通嘎拉嘎结婚成家，丈夫苏和巴特尔成了上门女婿，通嘎拉嘎还把她姥姥、姥爷接到了自己家。1984年，通嘎拉嘎成了两个孩子的母亲。

"别人都非常羡慕我们这个四世同堂的大家庭。但生活中总会遇到各种各样的难题，后来我下过岗，也遇到过困难，我更坚定了要靠双手去创造幸福生活的决心！"通嘎拉嘎笑着说，"没想到，当年从母亲手里学来的服装制作手艺，后来给我们的生活带来这么大的帮助。"通嘎拉嘎用从母亲那里学会的缝制服装的手艺，开办了达尔罕服装店，从最初的租小房到现在拥有一百七十平方米的商铺，最多的时候有十多名牧民在她店里务工，她还免费培训有学习制作服装意愿的牧民。她说，一针一线都代表着对母亲的回报，对内蒙古的回报。

通嘎拉嘎

薛玉龙:锡林郭勒和无锡都是我的家

于洋｜文　李炳辰｜图　发自锡林郭勒盟

薛玉龙,出生于1958年6月10日,现居住于锡林郭勒盟太仆寺旗。薛玉龙从读小学开始就知道自己的身世。"父母一直不告诉我这个秘密,上学以后小朋友告诉我,我是被抱养的。"薛玉龙说。成年后,薛玉龙认识一些来自江苏、安徽、上海的孩子们,大家一起聊天的时候经常聊起自己的身世,他也越发想找到自己的生身父母。

薛玉龙结婚后,妻子十分支持他到上海寻亲。2016年开始,他先后几次南下寻亲。从动了寻亲的念头起,每次洗澡或洗脸,他都会检查身体的每一块地方,任何可疑之处都可能是一条连接血缘和身份真相的密码和记号。

而远在无锡的老家,薛玉龙有两个姐姐和一个哥哥,把老四薛玉龙送走后,母亲又生了两个妹妹和一个弟弟,全家人多年来都没有放弃过寻找他。2016年,薛玉龙的生母因病去世,临终前最放不下的就是他。每逢春节,兄弟姐妹六人经常相聚,唯独缺了送到上海的老四,全家人十分想念,都盼望能找到他。

2018年,薛玉龙通过"宝贝回家"网与远在无锡的亲人通过脱氧核糖核酸比对确认了亲属关系。薛玉龙回家的那天,四邻八乡都赶来道喜祝贺,大哥家像过年一样热闹非凡。当薛玉龙和妻子走进大哥家时,鞭炮齐鸣。年近花甲,有着血缘之亲的兄弟姐妹带着父母的嘱托和一生的牵挂找到他,让他从此又多了几个能够风雨相依的亲人。薛玉龙与迎候在门口的兄弟姐妹们紧紧拥抱一起。一家人围坐一起吃起了象征团圆和幸福的汤圆。"看到兄弟姐妹们身体健康,我非常高兴,也了却了多年的心愿。希望我们全家人经常团聚,永不分离。"薛玉龙激动地说。

薛玉龙(中)

德力格尔：我生命中的幸运

黄翰馨｜文　李炳辰｜图　发自锡林郭勒盟

1958年，即中华人民共和国成立九周年之际，德力格尔出生。1960年，年仅两岁的德力格尔便随着三千孤儿大部队北上内蒙古，人们管这些孩子叫"国家的孩子"，他们从长江南岸走到黄河以北，从水天相接的海边走到内蒙古。

德力格尔的养父松岱扎布曾经当过八年的骑兵，复员后回到锡林郭勒盟镶黄旗，和妻子阿尤尔扎娜居住在那仁乌拉公社。后来，松岱扎布成为公社的党委副书记、武装部部长，他经常带着德力格尔去工作的地方，德力格尔也在父母的悉心照料下日渐长大。德力格尔意为宽敞明亮、兴旺发达，这也是身为父母对德力格尔最真挚的爱，希望他有宽广的胸怀，未来能够兴旺发达。

"小时候，我非常淘气，父亲总是严厉教导我，但他依然视我如宝。同学们和我开玩笑说我是被抱养的，父亲总说别人是瞎说的。"德力格尔笑着回忆。

1965年，德力格尔上了公社小学，那个年代条件艰苦，上学没有桌椅，凳子是用泥砌成的，孩子们把书包放在膝头学习。尽管如此，都没有阻挡德力格尔对学习的热情。后来学校搬到五公里以外的地方有了新的教室，学习环境才得到改善。上四年级时，德力格尔随父母搬到翁贡乌拉公社的查干淖尔，学业被中断了两年。

上小学的时光是轻松愉快的，但升入中学后家里突发变故，让德力格尔陷入两难。母亲突发心脏病，父亲又在外地忙于工作，年轻的德力格尔肩负起了生活的重担。"一开始，我坚持骑车子每天往返家与学校之间，半年后彻底辍学，照顾病重的母亲，操持家中的牧业。"德力格尔说，"后来父母又领养了妹妹，我与母亲照料妹妹，成了家里的主要劳动力。"

1975年，查布嘎查成立了小学，由于缺少教师，苏木调选德力格尔当小学教师。那时，教师的工资是每天记十个工分，国家一年补助一百零八元，这对从小热爱学习的德力格尔来说十分称心，也十分惬意。从十七岁开始，德力格尔担任人民教师、苏木会计、秘书、宣传委员、组织委员、苏木人民代表大会副主席等职务，就职二十七年，为基层发展做出了自己的贡献。

"现在，我也有了儿女，孩子们都长大了，也成家立业有了各自的生活。2001年退休后，我经营着个体生意，帮衬着孩子们。同时，在市级报刊上刊登不少作品，获得不少奖项。"德力格尔展示着他所刊登作品的手稿。尽管后来德力格尔知道自己不是父母的亲生孩子，而是"国家的孩子"，但他仍然热爱这片土地，怀揣着一颗热忱的心，真挚地报答着党的关怀和内蒙古人民的恩情。

德力格尔

徐珍：倔强的"小棉袄"

黄翰馨｜文　李炳辰｜图　发自锡林郭勒盟

徐珍的父亲是一名中共党员，当时为了能够照顾好这些"国家的孩子"，各地民政局都设置了不同的领养标准。身为中共党员，家中无子的徐志诚和妻子赵玉花通过领养的审核，在太仆寺旗领养了徐珍。在徐志诚家的户口簿上，清晰地写着徐珍为长女，唯一的"亲生女儿"。

"对于来内蒙古之前的事情，我没有一点记忆了，但我估计我老家是码头上的，因为我对轮船和汽笛声特别敏感，且记忆犹新。小时候看电影《海霞》的时候，电影里传来轮船的汽笛声，我就问母亲：'咱们这里哪有这个声音，我好熟悉。'母亲说：'没有啊，有海有水的地方才会有这种声音。'但是我记不起来，没有一点印象。"这些便是徐珍对于"故乡"仅有的印象。

随着时间的流逝，徐珍一点点长大，慢慢懂事。身边的小朋友和同学们都说她是"国家的孩子"，她也懵懵懂懂知道了自己和别人不一样。带着疑惑的她慢慢长大，她不想问，也不愿问，怕养育自己多年的父母伤心。

在徐珍的成长过程中，徐志诚夫妇对她宠爱有加，但从来没有溺爱她。徐珍随父母下乡生活的时候，做饭、挑水、喂猪，父母什么都让她学着干。"这都是让父母熏陶出来的，要不然现在什么都不会可毁了！父亲以前常和我说：惯着孩子，将来就是害了孩子，长辈又跟不了一辈子。"人们总说父爱如山，父亲虽然表面上非常严厉，但为了子女的前程，徐珍的父亲也是操碎了心。

"我上完高中后下了乡，下乡回城时被分配到供销社。当时，在

领养儿童申请表（徐珍提供）

131

供销社工作还是很受欢迎的,但父亲不同意我干商业,让我参加考试。"徐珍说,"当时,我自己不愿意考,就想干商业,父亲不同意,后来在父亲的坚持下,我还是参加了考试。考试那天,父亲在外面等着我,问我考得怎么样,我还逗他说没考好。后来,父亲因此还担心得四处打听消息,直到通知书到手,父亲的心才安定下来。"

当问到她还愿不愿意寻找自己的亲生父母时,徐珍说道:"当时,我还在上班,有人组织他们去上海寻亲,但我没去。我说现在养父还健在,老人家一直也没告诉过我的真实身世,老人从心底里就把我当成自己的亲生孩子了。咱总觉得去的话从良心上对不起老人,即便能找到亲生父母,也会觉得愧对这边的养父养母。""我于2000年迁到锡林浩特市后,在档案馆看到了自己养父母的名字,这件事才被证实。档案上显示我是三岁到锡林郭勒盟的,原名叫石少卓(音),1961年9月在宝昌被养父母领养。""当初国家给了我们第二次生命,没有党和国家,我们这些人早就死了,真的。"徐珍动情地说着,眼眶渐渐湿润。

现在,徐珍和老伴都退休在家颐养天年。"有这么好的条件,还要什么呢?多好啊!真是感谢党!感谢内蒙古!感谢锡林郭勒盟!把我养育成人,我挺知足的,特知足!"徐珍脸上洋溢着幸福的笑容。

徐珍

徐珍

徐珍与爱人

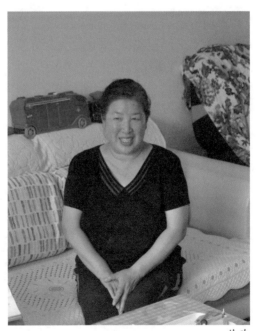

徐珍

吴志华：艰难困苦教会我成长

黄翰馨｜文　李炳辰｜图　发自锡林郭勒盟

初见这位"国家的孩子"，我静静观察着，由于吴志华常年在牧区生活，阳光和风霜雕刻出她古铜色的略带皱纹的脸庞。吴志华说起话来有点害羞，还留有一点南方人的腼腆，但交谈起来完全没有江南女子的"吴侬软语"。

在以前，老一辈人的观念里有儿有女才能凑成一个"好"字，吴志华的父母亦如此。生了两个儿子的吴金邦和张德贤夫妇一直想要一个女儿，但都没能如愿。这时正好从上海送来一批嗷嗷待哺的孤儿，吴金邦决定去领养一名孩子。通过重重审核，吴金邦拥有了领养资格。"后来听说我父亲是和朋友一起去的，政府也不让挑孩子。"吴志华说，"我那时太小，什么也不懂，可能就知道找妈妈，见了那么多'妈妈'，我都快看不过来了，也不知认哪个妈妈了。后来听养母说，她们看了好几个孩子，当她们来到我面前时，我对她们笑了一下，养母说：'这孩子挺喜相，就领她了。'这就是一种冥冥中的缘分吧。"吴金邦为女儿取小名"生根"，希望孩子生根发芽、茁壮成长。

吴金邦退伍后和妻子生活在西乌珠穆沁旗柴达木公社三队。"在人民公社时，我们这里还是半农半牧区，干活儿挣工分、吃饭用粮票，父母操劳一年也仅能维持生计，有了我之后，家里的开销就更大了。我身体本就弱，一直就小病不断。我模糊地记得我五岁左右还不会走路，只能躺在床上，像得了软骨病一样。养父母为了给我看病花光了家里的积蓄，后来让大夫看好了。我家在农垦时种地，后来退耕还牧开始经营牧业，自从经营牧业后，家里的生活才得到改善，我喝上了牛奶、吃上了奶制品和肉食，我的身体逐渐强壮起来，小病也少了许多。"吴志华回忆说。

父母在领养吴志华后又生了两个孩子，家庭经济情况入不敷出，好在两个哥哥已成家分开生活，但弟弟妹妹还小，母亲身体又不好，照顾家的重担就落在了吴志华身上。吴志华上完小学二年级就退学了，没有能够继续读书成了她一生的遗憾。

现在的吴志华住在巴彦胡舒苏木宝力根嘎查，养父母和丈夫都因病去世得早，吴志华就和儿子一起在牧区生活，现在儿孙满堂的她觉得非常幸福。她说："感谢党、感谢国家的政策，感谢养父母，给了我第二次生命！"

人的一生，或多或少会遇到坎坷和不平，虽有困苦和艰难，只要认定是正确的事情就要坚持做下去，要心怀感恩，有再多的艰难险阻，也绝不可轻言放弃。

吴志华

于连福:感恩蓝天绿草

黄翰馨｜文　李炳辰｜图　发自锡林郭勒盟

他说着一口西乌珠穆沁旗方言,略显粗糙的脸颊和手掌,没有一点南方人的影子,是个踏踏实实的北方汉子。"国家的孩子"和四岁被送到内蒙古也是他从别人口中听说的传闻,关于小时候的记忆,于连福仅对小孩们穿着一样的衣服,还有好多"穿白大褂的"这一点有些许印象。

1957年,于连福的养父于茂贵成为阿尔山宝力格公社新建皮毛厂的建厂工人之一,与淳朴、勤劳、善良的高宝花结婚,定居在西乌珠穆沁旗原阿尔山宝力格公社。1961年3月,膝下无子的夫妇俩通过政府部门的严格筛选,领养了一名四岁的男孩,按家谱为他取名于连富(现用名于连福)。

抱回家时,瘦弱的于连福身上呈青灰色、肚子很大,邻居们都认为活不了,但于茂贵夫妇坚信,只要好好调养一定能养好。他们从公社的乳品厂买乳品渣,向牧民干妈要来牛奶和奶食品为于连福补充营养。对小时候的于连福而言,去医院是家常便饭,他一听到要去医院就又哭又闹,父亲于茂贵就背着他在胡同里转圈,边转边说:"咱们不去医院。"直到转到于连福分不清方向后再送进医院。在父母的悉心照料下,于连福的身体逐渐恢复健康。于连福还有着让同龄孩子羡慕的童年,在那个贫困的年代,只有他的衣服没有补丁,父母亲还总是给他买好吃的。

在于连福的记忆中,父亲只打过他一次,那是小时候上山玩,山上有一口古井,水很深,他趴在井口上看水面的倒影,父亲看到后拉起来打了他,这是于连福记忆中唯一一次挨父亲打。

后来,于连福在公社学校当老师。"由于我的身份特殊,学校历任领导都了解我的情况,无论在生活上还是工作上对我都很关照,我也在工作中取得了一些成绩。1983年荣获'旗级先进工作者',1998年荣获'旗级优秀教学能手',并多次获得学校'先进工作者'。"于连福说。

父母对孩子倾尽所有的爱,教会了于连福懂得感恩。他与父母一直很亲近,结婚后也一直生活在一起,父母到临终也没有告诉他的身世。于连福说:"父母在世的时候,让我参加一些寻亲组织和寻亲活动,我从来都是拒绝的,也不想让父母难过。何况我来内蒙古时年龄小,头脑里几乎没有什么来之前的记忆,更谈不上什么情感了,这无关爱恨,我的记忆始终植根在内蒙古。2017年5月,我与同是'国家的孩子'的朋友去上海游玩,在朋友的帮助下,我们找到了当年上海收养弃婴的孤儿院旧址(上海余庆路190号),也算了却了自己的一个心愿。"

于连福的妻子叫张淑琴,是他母亲高宝花的一个远房亲戚,经介绍认识结婚。张淑琴虽然没有工作,但是她撑起了家里的半边天,当年是公社里尽人皆知的干活儿能手。每每提及现在的生活,于连福就一脸幸福地说:"我对现在的生活感到特别满足，在特殊时期，要不是党和国家把我们这些孤儿送到内蒙古，哪能有现在的幸福生活。我经常和孩子们说，要有一颗感恩的心，现在孩子们也特别优秀，我和老伴可以放心地安享晚年了！"

于连福

李素萍:海边捡来的孩子

潘永明｜文　　李炳辰｜图　　发自锡林郭勒盟

我们赴正镶白旗采访时原本没有采访"国家的孩子"的计划,因为在前期的摸底工作中,没有从正镶白旗找到"国家的孩子"。可当我们在正镶白旗参观一个养老项目时,天上掉下一个大馅饼——"我妈妈是'国家的孩子'。"正镶白旗司法局副局长李婧急匆匆地打电话给民政局局长,她的妈妈从"国家的孩子"微信群中得知,《内蒙古民政》在寻访"国家的孩子",赶紧让女儿联系民政局。

的确,李婧的妈妈李素萍被养父母抱养时在太仆寺旗。1956年出生的李素萍,记忆中有两片树叶,一片是1960年9月被养父母抱养时,记忆中的树叶已经发黄;另一片是那年春天母亲送她上学时,树上的叶子已经泛绿。

李素萍的养父叫李考,在供销社工作,养母杨美春是家庭妇女,如今仍健在,已到鲐背之年。

李素萍一家从太仆寺镇迁徙到正镶白旗,完全是为了李素萍。在太仆寺旗上小学的李素萍时常会被同学们指指点点,说他是从上海来的,不是父母亲生的。不知上海为何物的李素萍回家向父母探寻究竟,母亲只是淡淡地告诉她:"你是爸爸在海边捡牛粪时捡回来的。"之后,父亲便从太仆寺旗调到了正镶白旗,李素萍也转学到正镶白旗。从此,李素萍耳边再也没了小伙伴的议论声。

李素萍养父的祖籍是河北,旧社会从张家口逃荒到了太仆寺旗,中华人民共和国成立后到供销社工作。在李素萍的记忆中,父亲是一个对工作高度负责的收购员,收购羊毛羊绒时他一捆捆仔细查看,收购羊皮牛皮时他一张张地过手,工作很累,以至到了老年,他的手总是抽筋,退休后吃饭抓不牢碗。

童年的李素萍纯真烂漫,上学时和小伙伴们学习、娱乐,放学后和小伙伴们一起拔猪草、捡牛粪,大家其乐融融。上了一年的学后,父母又抱养了一个小弟弟,李素萍的生活又平添了许多乐趣。

长大后的李素萍到父亲所在的供销社上了班,一位男同事成了她的如意郎君,有了两个孩子,他们的学习和工作都很好。如今的李素萍懂得了,父母说捡她回来的那个海叫上海,但那只是她概念中的故乡,内蒙古才是她永远的家。

李素萍

李素萍

李素萍与外孙女

李素萍一家

敖云格日勒:智慧之花

潘永明 | 文　李炳辰 | 图　发自锡林郭勒盟

　　她的名字是智慧之花的意思,可她似乎没有智慧。在哪里出生? 生身父母叫什么名字? 是干什么的? 她一概不知。身份证上的出生日期是1960年8月9日,肯定不对,因为她于1960年来到内蒙古时已经一岁多了。一岁多的敖云格日勒骨瘦如柴,可肚子却鼓鼓的。大夫诊断说,她的肚子里有虫子,保育员阿姨长期给她喂驱虫药。上学的时候,经常有人说她是上海来的,可她压根不知道上海在哪里,只知道她的家在西乌珠穆沁旗白音宝力格公社新宝力格大队。长大后,她知道自己的确是从上海来的。许多同来的"国家的孩子"张罗着回上海寻亲,甚至有企业赞助路费和食宿费,可她却毅然放弃了。

　　在育婴院里,养母来抱养时,别的孩子有的哭闹,有的玩耍,有的无动于衷,唯独她把小手伸向养母。这一伸手,成就了一世的母女情缘。襁褓中的敖云格日勒,不是自己的奶瓶就不吃奶。有一次母亲带她走亲戚,把奶瓶落在了亲戚家,半夜,母亲换了奶瓶给她喂奶,可她却怎么也不吃。无奈之下,舅舅半夜骑马到亲戚家找奶瓶。儿时的敖云格日勒,母亲挤奶时她站在旁边,喝上的总是第一碗热乎乎的鲜奶。少年时代,母亲去供销社买好吃的,总是把敖云格日勒领上,把弟弟留在家里。长大后,她被派去培训六个月,回来后成了一名赤脚医生,为牧民们打针配药,引得人人羡慕。

　　在敖云格日勒二十多岁时,养父母告诉她有个恩人叫乌兰夫,她便决心报答恩人,报答内蒙古。敖云格日勒的丈夫四十多岁便英年早逝,她一个人养大一双儿女,时常教育自己的孩子,要感恩国家。如今,儿女都事业有成,生活在城里,孙子外孙都已十多岁。敖云格日勒的智慧之花开得更加鲜艳。

敖云格日勒

温都苏:"国家的孩子"中的民政局局长

潘永明|文　李炳辰|图　发自锡林郭勒盟

"记得在舅舅家骑马、放羊,我喜欢那种浪漫的生活。印象最深的就是母亲去接我,我们坐着牛车晃晃悠悠地到了旗里,还记得母亲给我买了很多好吃的。后来,我们上了长途汽车,走啊走啊,就来到苏尼特右旗。我们家的生活条件比舅舅家要好。"温都苏仰着脸,目光所向,是他在内蒙古的童年时代,那里有他和苏尼特的交集。

温都苏是"根"的意思。有了根,就意味着有了新生命的萌芽,有了希望。这个名字是母亲平兴格给他的第一份礼物,寄托着母亲最真实的情感。

温都苏不是母亲平兴格的亲生孩子。1960年,在苏尼特右旗接收的第一批"国家的孩子"中,温都苏作为其中一员与平兴格初次相遇。

当时,平兴格在旗医院工作。苏尼特右旗刚刚接收这批"国家的孩子",生病的孩子与日俱增。作为医生,她无暇照顾自己五岁的女儿,甚至几天几夜都不回家。那时,平兴格的丈夫诺日布刚刚从部队转业,是苏尼特右旗的一名公社干部。公社干部常年奔波于基层,一点也不比妻子清闲。两口子整天忙于工作,女儿就寄托在邻居或者朋友家。

在平兴格诊治的孤儿中,有一个小男孩病得最重。这孩子连续三天高烧不退,呕吐不止,经过医生夜以继日地抢救,终于转危为安。冥冥之中好像注定了这个虎头虎脑的孩子跟自己有缘,平兴格对他产生了特殊的情感。她想抱养这孩子,可自己已经有了一个女儿,不符合领养条件。怎么办呢? 她想到了自己的弟弟。

平兴格的弟弟索德纳木,年过三十却没有孩子。平兴格就替弟弟把这个孩子领养回来了,给他起名叫温都苏。温都苏是"根",也是他们的希望。这个不满两岁的孩子成了姐弟两家共同的宝贝。索德纳木说:"姐姐你太忙了,自己的孩子都顾不上管,温都苏还是让我接走吧!"平兴格不放心,怕弟弟没有养育经验,而温都苏的身体十分虚弱,发烧咳嗽是常事,稍不注意就会腹泻……可是她太忙了,最终还是不得不暂时把温都苏送到弟弟家。

索德纳木家住在阿巴嘎旗白音查干苏木吉日格朗图大队,温都苏在蒙古包前的草滩上快乐地成长。也许是无忧无虑的生活,也许是当地的空气和饮食很适合他,渐渐地,温都苏的身体越来越强健。

然而,快乐的生活在1968年冬天结束了。在一个寒冷的冬夜里,索德纳木夫妇去世。温都苏一时没有人照顾,再次成了孤儿。

好心的牧民收留了温都苏,东家一天、西家一天,倔强的温都苏心里和自己较劲:我是这个家的根,我要守住这个家!

坚定的内心终于让温都苏等来了那个至今让他终生难忘的时刻。那是一个春天的早晨,风和日丽,温都苏正帮一户收留他的牧民家放牛犊,那家的男人骑一匹快马来到他跟前,二话没说就把他抱上马背,说:"咱们回家,越快越好!"

骑在马上的温都苏远远就看见蒙古包前一个熟悉的身影——平兴格!他还以为是在做梦,来到母亲跟前,竟然愣在那里一句话都说不出来。平兴格伸出手轻轻地叫了一声:"温都苏,我的孩子,母亲来接你了!"

经历了苦难的温都苏,知道感恩,知道回报这些挚爱他的人。像许多同龄人一样,温都苏中学毕业以后,被抽调到他所在的额仁淖尔苏木小学当了代课老师。他爱唱爱跳,兴趣爱好广泛,尤其喜爱体育,教学方面也十分出色,因此很快脱颖而出,成了学校里最受欢迎的青年教师。

一个偶然的机会,温都苏被抽调到旗团委工作。由于各方面都出类拔萃,组织部把他作为后备干部进行重点培养,他被送入内蒙古党校大专班学习进修。党校毕业后,温都苏就回到额仁淖尔苏木任党委副书记,后被提拔为乡长。那年他才二十八岁,是苏尼特右旗最年轻的乡长。四年后,又当上了苏木党委书记。

基层工作很辛苦,而额仁淖尔苏木是苏尼特右旗条件最艰苦的苏木,有近七十千米的边防线。一年四季,风里雨里,严冬酷暑,他骑着马深入牧户,为大家办了很多实事。牧民们说,这孩子能吃苦,脑子活,点子多,无时无刻不为牧民着想。他当苏木达和苏木书记的时候,整天马不停蹄地跑,跑项目、跑资金……他在工作上很有建树,从来不怕苦也不怕累。他带领牧民群众抗灾保畜、救灾打井、放羊走敖特尔(倒场),想方设法为百姓谋福利。八年后,当他离开这个苏木时,这个偏远闭塞的地方已经通了电、水,安装了电话和电视接收系统。

历史出现了惊人的巧合。当年,温都苏是民政、卫生部门接来的"国家的孩子",后来却成了苏尼特右旗最年轻的民政局局长。

温都苏还先后担任锡林郭勒盟镶黄旗人民政府副旗长、苏尼特右旗人民政府助理调研员,曾获自治区党委颁发的"全区优秀团员"、自治区级拥军优属"双拥模范"个人、"锡林郭勒盟抗灾先进个人"以及旗级各种先进、模范奖等。中央电视台《新闻调查》采访并报道了温都苏的经历和先进事迹。

"回顾自己走过的道路,在这块土地上实实在在地生活了这么多年,放过马,牧过羊,下过乡,当过基层干部,在这里留下了我的青春年华,留下了我的欢乐和光荣,也留下了我的后代。我是'国家的孩子',国家花了这么多心血把我抚养成人,我就愿意在苏尼特右旗,在我熟悉的山水之间做自己喜欢的工作。"在静谧的夜里,在熊熊的篝火旁边,温都苏举起酒杯,放开歌喉,唱起了他最爱唱的那首歌。

温都苏

温都苏

高娃:差点又被要走

潘永明｜文　李炳辰｜图　发自锡林郭勒盟

1956年8月3日出生的高娃,从上海来到西乌珠穆沁旗时已经五岁了,在所有"国家的孩子"中,算是年龄较大的。因此,相比其他同来的小伙伴,高娃对上海已有所记忆:一个男的抱着她去商店,然后就把她放在了孤儿院门口,至于那个男的是她的父亲、大爷还是叔叔,她就不知道了。反正,现在的高娃从名字到相貌,已经丝毫找不到黄浦江边孩子的印记,完全一个北方人的模样。

高娃的养母是公社的妇联主任,养父是牧民,家里有一个哥哥和两个弟弟,相比之下,家庭条件算是好的。在高娃儿时的记忆中,母亲经常下乡,每每下乡,高娃就由姑姑照看。别人羡慕地说:"高娃掉进蜜罐子里了。"

"蜜罐子里的高娃"有一次差点被要走:女孩子都爱美,儿时的高娃也不例外。她看着家里年画上、小人书里的女孩子描眉画眼,很是羡慕。可那时没有化妆品,高娃就瞄向了家里的几支彩色粉笔,在自己的脸上画了起来。年少的哥哥不谙世事,也凑过来帮忙。这一幕恰好被一个路过的公社干部瞅见,以为是哥哥欺负小高娃,当即训斥起来。两个孩子哪里见过这阵势,吓得大哭。公社干部不依不饶,放话给哥哥:"你们家欺负'国家的孩子',我们就把高娃送给别的人家收养。"哥哥见闯了大祸,赶紧辩解,多亏家里大人及时赶回,弄清原委后向公社干部解释清楚,高娃才"有惊无险"。

家里的孩子渐渐长大,哥哥当了干部,后来还当了局长;两个弟弟,一个是教师,一个是民政干部。高娃没怎么上过学,所以没有工作。不过,成家后的高娃拥有两个儿子和一个姑娘,孩子们都勤奋上进,孙子、外孙承欢膝下,高娃很幸福。

成年的高娃依然被养父母宠爱着,父母的钱都交给她打理,她依然当着娘家的家。高娃也没有辜负父母的信任,三天两头去看望二老。父母生病了,她陪床伺候,悉心照顾。高娃说,人要懂得感恩。她感恩党,感恩内蒙古人民,感恩养父母。前些年,政府要给她办"低保",她坚持不要,后来年纪大了,想找工作也没地方要了,才办了"低保"。她说,自己能自食其力,就不给政府增加负担。

高娃

当地民政部门工作人员与高娃等一众孤儿合影

萨如拉:永远不会忘记我的恩人们

满都日娃|文　　敖民|译　　发自乌兰察布市

　　我的养父叫宝音敖其尔,养母叫巴拉吉尼玛。领养我时,父母在锡林郭勒盟苏尼特右旗乌日根塔拉公社萨如拉队里放牧。父亲擅长正骨。在我十三岁那年,父亲得食道癌去世了。父亲去世后,我和母亲以放牧为生,母亲是个勤劳的人。过了很久,母亲才把我的身世告诉了我。她说,那时候他们有一儿一女,有一天,有人把一个孤儿送到了家里,母亲非常高兴。后来,孤儿保育员劝说他们再领养一个男孩,就把一个小男孩送到了家里。母亲领养了两个营养不良、身体虚弱的孩子,两个孩子在她的照料下茁壮成长。不幸的是,跟我一起长大的另一个孤儿十几岁就去世了。我小时候负责照看羊羔。我和母亲一起生活了三十六年,母亲对我虽然严厉,但教给我很多道理。十九岁那年,我招四子王旗的满都扎为上门女婿,有了两个儿子,幸福地生活着。现在孩子们都过得挺好,我也对现在的生活很满意。我现在居住在乌兰察布市四子王旗脑木更苏木乌兰西热嘎查。

萨如拉(左二)与朋友们

萨如拉近照

布仁：完整的世界

满都日娃｜文　敖民｜译　发自乌兰察布市

20世纪60年代初的一个金秋傍晚，在乌兰察布盟杜尔伯特旗诺木根公社哈西雅图组的路上，一位白发苍苍的老人骑着骆驼抱着三四岁的幼儿往哈西雅图敖包的方向走着。这位老人名叫高日格，一脸慈爱，个子高但是驼背。这位老人怀里抱着的小孩是三千孤儿之一，就是今天的我——布仁。在我俩身后，老妇人领着雪白的羊，喂饱的牛沿着骆驼的脚印走着。羊除了喂饱羊羔外还成了喂饱我的"奶羊"。它对我的茁壮成长提供了很大的帮助，是年迈的母亲的好帮手。它既是"提供奶的羊"，又是"能让母亲开心的羊"，十三年没离开羊圈，最后去世了。过了很久，母亲才告诉我这只白羊的故事。当时，牧民们不能留下自己的牲畜，队里知道我是"国家的孩子"，就对我特殊照顾，给我奶喝。看我母亲年迈眼花、腿脚不便，再加上没找到羊的主人，就同意把这只羊留给我们。

就这样，我没有饱受饥寒，在母亲的怀抱中，健康成长了。

在我四五岁时，母亲说："儿子，你年纪还小，要听母亲的话，遵从母亲的教诲。要学很多东西，要有勇气面对很多艰难险阻。你与其他孩子不一样，你虽然是孤儿，但你是'国家的孩子'，所以要学习知识，以后要回报国家。"这些话，我到现在都记得。

从那时开始，我跟着母亲学做饭、剪头发、缝补衣服等活儿。在我六岁的时候，母亲邀请组里的会计教我字母、算数，开启了我的求学之路。因为在母亲的蒙古包里学完了一年级的学习内容，所以从上学开始就在班里名列前茅，小学连续几年荣获"三好学生"称号，母亲特别欣慰。

到了十二三岁，我已经学会做饭、洗衣服、缝补衣服、剪头发等简单的生活技能，能非常熟练地和面、切菜、做馒头包子、烙饼等。日常生活中，母亲不辞辛劳地指导我、鼓励我。为学剪头发专门从供销社买来剪发的工具，让我给她剪头发。从拿剪子开始，剪、剃、修，以及清理碎发、洗发，母亲都亲自教我。她让我缝布袋子，再装上剪发工具去给周围的人剪头发。从家到学校再到军队，我换了五把剪子。缝衣服也一样，如果母亲我俩的袍子、衣服或鞋靴有破损，母亲就把我叫到身边，教我穿针引线、缝补等针线活儿。后来，我也给我的孩子缝肚兜、腰带。我还学会了杀宰牛羊、灌肠子、剪羊毛、喂马和骆驼等牧区生活的技能，融入牧区环境当中。

在母亲海一般广阔的爱中，我很早就开始懂事了。

1971年夏，我以优异的成绩从小学毕业。母亲高兴地逢人就说，赞不绝口。她就像爱护自己的眼睛一样爱护我。

小学毕业就该读中学，但是我们居住的诺木根公社距离旗中心乌兰浩特镇有一百五十多千米，班车七八天才走一趟。那时，只有旗中心有中学。因此，学生必须住宿，一个学期都无法回家。这样，母亲就遇到了很多困难。母亲住在偏僻的地方交通不便，身边也没有能依靠的人，加上母亲年迈，遭遇病痛，腿脚不便，早年患上白内障没能治好导致一只眼睛失明。当时，这些实际情况让我很苦恼。我没办法，想着回家当牧民，只有这样才能帮助母亲，陪伴母亲，帮忙做家里家外的活儿，减轻她的负担。但是母亲不愿看到我中途辍学，不想阻碍"国家的孩子"的学习之路。

正当我们束手无策的时候，我的小学老师额尔和木其其格和队党支部书记钱于深来到家里，母亲诉说了我上学困难的情况，请求党组织的帮助并且一再强调我是个文明礼貌的孩子。领导听后说，必须让孩子上学接受教育，保证想办法继续让孩子上学。母亲听了心里宽慰了很多。接着，他们将母亲的实际情况和我的特殊情况上报给公社，希望给予方法解决。公社书记扎木苏听完报告后立马来到我家，了解具体情况后从公社、大队两级拿出四十元解决我的生活花销，公社出钱解决我的食宿费、书本费等费用。如此，我就有机会在杜尔伯特第二中学（后来改成民族中学）上学。

"母亲的爱在孩子身上，但孩子的理想在远方"，在党政各级领导以及老师和最爱的母亲的关怀下，我顺利地完成了初中和高中的学习。当时，很想念在家等我的年迈的母亲，由于白内障，她的视力更弱了。在这种情况下，我心生辍学回家照顾母亲的想法，母亲知道后坚决不同意。高中毕业那年，悉心照料我长大的七十岁的母亲去世了。我再也听不到母亲叫我"我的乖孩子"的声音，儿子永远想念您。

后来，我坚持念到高中毕业。读书之余，我利用寒暑假时间到周围人家帮他们接生牛羊、放牧、修缮牛羊圈、清理院子等，队里缺挖井的我也会去帮忙。就这样，哪有零活儿、重活儿、脏活儿都会跑过去干。在此过程中既锻炼了自己，提升了自食其力的能力，又融入了乡亲中间。他们也了解我的情况，就像对待亲戚一样照顾我。队和公社也像以前一样继续资助我，我完全融入社会这个大家庭。

1976年春，我十八岁，队里的解放军领导问我是当组里的会计，还是去当兵（那时组里的人很少，我是唯一一个高中毕业生）。我毫不犹豫地回答："我要保卫祖国去当兵。"就这样，我就去当兵了。我被分配至锡林郭勒盟分队，成为人民解放军中的一名战士。

通过三个月紧张的军训，我被分配到连队直属汽车集训班。这个班主要维修器械、电子、司机等，对专业技能要求很高。

我们连长看了我的档案，说："布仁啊，你在学校的表现很好。虽然从小受苦，但你的学习成绩很好，基础好，所以你去学习电力吧。你肯定能掌握，我相信你能成为出类拔萃的专业技术兵。"就这样，我服从领导的安排去了电力班。

1977年，我被军分区评选为"学习雷锋积极分子"，代表连队参加庆祝内蒙古自治区成立三十周年大会。

1977年初冬，锡林郭勒盟遭遇前所未有的白灾。抵御灾难、保护人畜是我们军队的神圣使命。我与连队战友并肩作战，铲雪出道、拯救人畜、维修铲雪救援车辆，保证军队运输通畅。亲眼看到牧民遭遇白灾的情况，亲身经历这些事情后，眼泪在眼眶里不由自主地打转。此刻，我想到母亲的教诲："生而为人，要有仁爱之心，像太阳似的无私照亮他人。"所以，我把自己节省下来的一年的补助一百元捐给了当地的灾民。

在部队的两年里，我严格要求自己，做好自己的本职工作，于1978年光荣地加入中国共产党，成了汽车班的班长。

转眼间，我的军旅生活到了第四年，面临转业了。当时，部队的要求是技术支队主力军可以在部队再留一年，不能升职为干部的话就须是从哪里来回哪里去。一次很意外的机会得以让我在部队里多生活了十一年。

有一天，我无意间碰到军分区支队长，聊起我不幸的童年生活、中学时的表现和退伍后的打算。我跟他说，我想再干一年等退伍的时候再想下一步的打算。没想到，之后我被转到镶黄旗武装部。在十个月（1980年）的时间里，我荣立三等功一次，直接提干了。当时，我年轻，而且有文化、有技术，就把我安排到武装部秘书岗位上。但那时军分区领导不同意，说像我这样优秀的人必须留在连队，因此又把我分到原来的汽修连，做技术性工作。1984年，我结婚了，后来有了孩子。1985年底，我服从命令调到杜尔伯特旗武装部，做政务工作以及仓库管理员、会计等工作。

1992年，我响应党的号召，告别十六年的军旅生活，被指派到杜尔伯特旗乌兰浩特苏木公安局专职副书记，两年后升职为白音敖包苏木村支书记，后来又任张甘开发区党委书记和乌兰浩特镇人大主席等职务。

2007年，我代表"国家的孩子"再次参加庆祝内蒙古自治区成立六十周年大会。

现在，我已是花甲之年，按照政策规定，到了退休的年纪。我永远怀念母亲慈爱的眼神和她温暖的怀抱。我永远感谢伟大的中国共产党，感谢碧空万里的内蒙古高原，感谢给予我帮助的善良的内蒙古人民！

当兵时的布仁

旭仁格日乐：上海的孤儿成了老师

满都日娃｜文　敖民｜译　发自乌兰察布市

20世纪60年代，南方孤儿被送到内蒙古，我被乌兰察布盟四子王旗红格尔公社阿如德日苏大队的赞普拉、萨仁敖都夫妇领养。那时，可怜的父母没有自己的家，靠给别人放牧为生。父亲的眼睛不好，母亲的腿脚不好。他们可怜又命苦，虽然有过五个孩子，但不幸都夭折了。

20世纪60年代初，一天从公社来了个骑马的人，说："'国家的孩子'来了，有想领养的就报名吧！"母亲听后说："自己的孩子都没能养育成人，别说是领养别人的孩子了，还是算了吧。"但父亲说："'国家的孩子'，怎么能不要？要！"就这样，他们报了名。那年冬天，公社说"国家的孩子"来了的时候，当初并不想领养的母亲比谁都高兴，跟父亲争着抢着去公社领孩子了。当时，我虽然已有三岁，但是看着就像两岁的孩子，母亲把瘦小的我包在皮大衣里，骑着骆驼带回了家。父母待我如掌上明珠，虽然家里穷，但是非常爱护我。那时，物资紧缺，可怜的母亲自己喝稀的、穿薄的，把好吃的、好看的都给我。父亲出去放别人家的牛羊，母亲就领着我挨家挨户地求奶给我喝。有时，给别人缝衣服也能换得一些奶食品等食物。在我六岁那年，父亲负责照看大队的三十峰骆驼。在邻里好心人的帮助下，我家终于有了自己的蒙古包，开始过上一家三口的幸福生活。在那么困难的时候，家里没有牛奶，他们就给我喝奶粉。现在回想起来，都不知道他们是从哪里弄到的。我小时候身体虚弱，不好好吃饭，就喝牛奶或奶粉，或吃点红糖炒米，晚上总是起来吃东西。那时没有暖壶，母亲每晚起来现烧火给我热牛奶。后来，通过医治和父母的悉心照料，我的身体越来越好了。我刚到七岁就跟着父亲放骆驼去了。那时，有很多狼和野狗，看骆驼也要像看羊似的。去野外吃午饭是我那时最喜欢做的事，看着骆驼固定在一个地方吃草，父亲就会拿着长长的鞭子问我："女儿，你看！鞭子的影子指向哪个位置？"我说："在正下方！"这时就是中午了。父亲拿着带过来的桶装水、干粮、果子和肉干等，把石头架起来开始熬奶茶。我和父亲在野外说着、笑着、喝奶茶、吃干粮，有时其他牧羊人也会过来喝茶，就会说："哎呀，父女俩这是在说什么这么开心？赞普拉真是个有福之人啊！"父母虽然是普通的牧民，但是他们以身作则，教会我很多生活技能和人生道理，我基本学会了照看骆驼的技能。

我们家庭条件一般，但是父亲勤劳、正直，母亲手巧、心善。他们虽然宠爱我，但也要求我成为有礼貌的人。小时候，我是个固执、淘气、爱学习的聪明孩子。有一次，我模仿隔壁村腿脚不好的老太太一瘸一拐地走路，母亲见了生气地说："不要模仿残疾人，以后不准你这样。"还有一次，父母出去找丢失的骆驼，把我留在了邻居家，和几个伙伴玩的时候，一个叫宾巴的人跟我抢陶瓷碎片，因为没抢过，我就咬他的手指。母亲说："把人家手指头咬断了怎么办？为啥咬人家？"那时我还辩解说是他的错。现在想起来，要是那时母亲没有教育我，真不知道我现在会变成什么样的人。被我咬的那个人现在见到我还会说："你小时候真是个爱生气的小孩，把我手指头都咬出血了，我疼得喊出声也没见你松口，你还记得不？"

那时，我们家只有两峰成年母骆驼，后来有了近十峰。母亲经常挤骆驼奶，给我喝驼奶、奶茶，或者送给邻居，大家都知道用驼奶熬出来的奶茶特别好喝。有一年春天，母亲天天让我给一个将近九十岁、腿脚不好、站不起来的叫小白的老人送驼奶。有一天，我和父亲捡驼粪，跟驼羔玩得有些累了，就跟母亲说："明天再把小白奶奶的驼奶送过去吧！"母亲听后说："哎呀，女儿，这可不行！人家这会儿可能等着我们给她送奶过去呢。我们天天送奶，人可不能言而无信啊……"给老人送完驼奶，老人特别高兴，还给了我一大块冰糖。如果我没去送奶还吃不到这块冰糖，我暗自窃喜。老人为了不让我带着空盆子回去，会在盆子里放一把米或者一些饼干。

母亲好像没穿过一件完整的衣服就去世了。她的衣服总是补了又补，都看不出原来是什么颜色。她挣点钱就都给我花。在我十岁那年，母亲去西拉木伦后带了匹白色带小蓝花的布料回来给我缝衣服。她告诉我要学会自己做衣服，一针一线地教我缝衣服。我穿着自己缝的袍子，邻居们都夸我说像母亲似的手巧。我十几岁就开始会做衣服，这都是母亲的功劳。

父亲虽然是没有读过书的牧民，但也是个有想法的人。他觉得女儿不能这样整天在家放骆驼，而是该去上学。1967年，我踏入校门，但是由于种种原因，没学多久就回家继续放骆驼了。过了四年，也就是1971年，父母让我继续上学念书。父母那时年长，身体又不好，但他们依然让我上学，这让我下定决心要努力学习。我刻苦学习，每次考试都名列前茅，还会在课余时间发挥我的歌舞才能，因此经常得到老师的夸赞。然而，在我五年级的时候，母亲突然病重，去医院诊断时已经晚了。在母亲病重卧床时，我跟父亲一起照顾她，给她喂奶、擦拭身体。有一天，我用脸贴母亲的脸，发现她的脸凉凉的，我都不知道母亲是什么时候没了呼吸的。父亲流着泪说："我的女儿，你母亲是累了，去远方了。"我哭着说："我妈妈不会走的，她不会丢下我们走的！"但是她真的离开了我们。母亲走后，我想着不能把我眼睛不好的父亲一个人留在家里，便休学了一学期。邻居们说："孩子，去念书吧！你爸爸没事，我们帮你照顾着。"后来，我再回到学校。我忘不了邻居们，是他们又一次让我踏入校门。那一年暑假，父亲跟我说："那里有奶油，你拌着炒米吃吧！"我当时想，大夏天怎么会有奶油？原来是邻居们以前送过来的牛奶，时间久了，他把上面沉积的奶油一点点积攒起来，等着我回来给我吃。但因为是夏天，天气太热，奶油都招虫子了。我看到虫子时没有大喊大叫，而是含泪跟父亲说："奶油拌炒米真好吃啊！"在他转身的时候，我把有虫子的奶油拌炒米扔了。七年级那年暑假,我回家后看到父亲满身脏的,眼睛也越来越不好了,我第一次放声大哭。我一般不会在父亲面前哭,但是那次没忍住。秋季开学回校后,我跟班主任和校领导反映自己的实际情况,并表明不能继续上学了,他们也替我担心,说:"你真是可怜的孩子,你再忍一忍,我们再想办法吧。"

1978年,公社要招聘民办教师,学校就直接推荐我去苏木,让我参加统一考试。我考了全旗第一,成为阿如德日苏队民办学校教师。从此,生活开始改变了,我把父亲接到大队安排的泥房子里一起生活,每个月有八元钱的收入,可以买点吃喝,也可以买点其他自己喜欢的东西。我给父亲买了一身衣服,别提有多高兴了。后来,父亲的眼睛越来越不好,最后双目失明。1993年,父亲七十八岁去世了。父亲在世的时候虽然双目失明,但是他用心看到了我结婚生子。

1980年,我和原来在四子王旗乌兰牧骑工作的四子王旗查干敖包苏木敖包图嘎查牧民仁钦道尔吉、其其格的长子仁钦苏道那木结婚,后来有了一儿一女。女儿乌日根朱拉从呼和浩特民族学院新闻传播学院播音与主持专业毕业后留校任教,现在已经有了自己的生活,育有一儿一女。儿子特日格乐从赤峰学院艺术班毕业后创业,努力工作着。

1978年,我成了人民教师。1979年,我通过统一考试成为正式教师。1980年,队里的学校被撤掉后我就被调到公社。那时,我爱人在旗里工作,跟眼睛不好的父亲和孩子们都在异地生活着,过得很艰苦。当时虽然忙着学校里的事,但还是坚持自己给孩子们缝衣服。后来孩子们开始求学,缺钱的时候我就利用假期时间做衣服,一做就是二十年,成了远近闻名的好裁缝。做衣服虽然能补贴家用,但是我一点儿也没有耽误教师正常工作,把教师工作干得有声有色。

自十九岁成为人民教师的三十多年以来,我主要教授语文课,担任班主任,培养了很多学生,成为学生们的"妈妈"老师。我不愿意离开学生们,学生们也是很爱我。在苏木学校工作的十几年中,我每周都会把那些从牧区来的孩子带到家里,给他们烧水洗头发、去除虱子,冬天把冻住的脚丫子用温水泡着,见衣服鞋子旧得不行的,我会把自己的衣服送给他们穿。我严格要求我的学生们,结合实际,在生动愉快的氛围下教他们知识。他们的学习成绩和学习兴趣都有所提高。在学生当中,有个读博的叫朝鲁门其其格的女孩,还有硕士研究生,以及教师、播音员、警察等在各自岗位上努力工作、闪闪发光的孩子们,我时刻在心中祝愿他们事业有成、生活美满。但我的两个孩子和我的爱人对我很不满,说母亲爱别人比爱他们多一些,如果他们有不会的问母亲,母亲会训他们在课堂上不好好听讲。我的爱人也会说我:"你总是训孩子们,你也不是他们后妈呀。"

功夫不负有心人,学生们过得有声有色,我也获得过"三八红旗手""文明家庭""女状元"等奖项和苏木、旗、盟、自治区级"优秀教师""优秀班主任"等多个荣誉称号。在退休前一年,也就是在2013年,我被评为全国"最美十佳乡村教师"之一,去首都北京,参加了颁奖仪式。

我把我的青春岁月献给了教师这个行业,无愧于一名合格教师,我也很欣慰。但是与党的关怀和那些帮助我的内蒙古人民以及养育我长大的父母比起来,我做的真的是沧海一粟。

回想走过来的路,一个上海孤儿有了今天的生活,我很骄傲,也很感动。

旭仁格日乐一家

旭仁格日乐(前排右一)与四子王旗"国家的孩子"们一起

扎拉嘎木吉:"小王爷"

于洋　文｜图　发自乌兰察布市

20世纪60年代初,面对上海孤儿院无力抚养的大批孤儿,党和国家毅然做出决定,将数千名孤儿分批转移到内蒙古,托付给牧民抚养,于是他们就有了一个共同而特殊的名字——"国家的孩子"。

当年,有一位上海孤儿一路奔波来到遥远而陌生的内蒙古四子王旗乌兰席勒嘎查,开始他新的生活。如今,已近古稀之年的他,经历六十多年的风雨,已然脱胎换骨成一个"货真价实"的牧人。他的名字——扎拉嘎木吉。

扎拉嘎木吉是都贵玛老人抚养的最后一个孩子,也是她最放心不下的一个。扎拉嘎木吉的第一对养父母由于养育经验不足,对他疏于照顾,寒冬里让扎拉嘎木吉独自在外面捡牛粪以致冻伤他的双手。都贵玛发现后找到那对夫妻痛批一顿,便头也不回地把扎拉嘎木吉领回了自己的家,一养就是几个月。后来,公社又为扎拉嘎木吉找了一个新家庭,都贵玛仔细观察,严格把关,看到这对养父母把他当作心肝宝贝,才放下心来。

1966年,乌兰察布遭遇大旱,以放牧为生的养父母只能选择随着大集体一起迁至锡林郭勒盟东乌珠穆沁旗,由于怕年幼的扎拉嘎木吉不能适应路途颠簸,于是将他暂时安置在都贵玛家。一年后,在锡林郭勒盟安置妥当的养父母将他接到一起生活。至今,他都与都贵玛老人保持着密切的联系,他的三个女儿都是由都贵玛亲手接生的。

在内蒙古生活多年的扎拉嘎木吉早已变成一个健壮的汉子,每次去外地旅游或是参加节目,他总得随身带着牛肉干、奶食品和奶茶等食物。他说:"吃不惯外面的,离不开早晨这口茶。"扎拉嘎木吉淳朴的笑容感染了在场的每一个人。

"父母的爱是最深、最重要的,我在那个地方(上海)没有得到过父母的爱,来到内蒙古重新得到父母的爱,这是最令我开心的事!"这是扎拉嘎木吉重复得最多的一句话。

现在,扎拉嘎木吉的三个女儿每天轮流来陪他,承包的一百七十多平方公里的草场和牧区的砖瓦房子都显示着他晚年生活的无忧和幸福。

扎拉嘎木吉到出生地旅游

都贵玛与扎拉嘎木吉

小时候的扎拉嘎木吉

孙保卫：幸运的人

潘永明｜文　于洋｜图　发自乌兰察布市

"这辈子，倒霉的事几乎都让我遇上了，可每次都能遇上贵人。因此，有一次我以《我的幸运人生》为题发表演讲。"个子高高的孙保卫，说起话来嗓门也高高的。

"生活在这样的国家，有这样的党领导，如果你无所作为，只能怨自己！"

"国家的孩子"扎拉嘎木吉告诉中央电视台主持人："我有四个母亲：亲生母亲、都贵玛妈妈和两任养母。"孙保卫纠正他："不对，是五个。""怎么是五个？"扎拉嘎木吉问。孙保卫说："党不是我们的母亲吗？"

孙保卫终生难忘都贵玛妈妈的那双手。每次去看望都贵玛妈妈时，妈妈总是攥着他的手，絮絮叨叨地说许多家常话。

孙保卫一直觉得自己是个幸运儿。养父是退伍军人，在司法系统工作。孙保卫自幼生活在优渥的家庭环境中。"小时候，我兜里永远有糖。"孙保卫说。

孙保卫第一次去上海是1979年。在偌大而陌生的城市，孙保卫找到了福利院，在门口站了许久。他沉浸在自己拥有的幸福中说："如果不到内蒙古，我大概就是个上海人，但是由于饥荒，我留在上海能不能活就不知道了。"

孙保卫看望都贵玛妈妈(受访者供图)

孙保卫与父母

孙保卫的全家福

孙保卫

博特：在杜尔伯特儿童小说中
成长的孩子们想念两个老人

满都日娃｜文　敖民｜译　发自乌兰察布市

　　我们家是原乌兰察布盟红格尔苏木乌兰胡都格嘎查世代放牧为生的牧民家庭之一。我父亲叫伊西召瑞，母亲叫若勒码扎布。听说父母一直祈祷有自己的孩子，可是过了很多年也没有。1962年秋，父母听闻"国家的孩子"来的消息就往公社递交了领养申请。得到公社的同意，父亲把我抱回了家，我在父母爱的养育下幸福地成长。当时，大家普遍穷困，食品和生活用品非常稀缺，物资有限。父亲退伍回来每个月都能领优待金，他自己不舍得花，都会给我用。到1966年的时候，父母把我送到乌兰胡都格嘎查小学读书，母亲坚持送我上学。她白天放羊，晚上或者早晨一早就给我烙饼送我去上学。母亲总说她最难过的事情是怕失去唯一的女儿。在母亲爱的关怀下，我顺利地从红格尔公社学校七年级毕业后又在乌兰浩特中学上了一年学就回家了。我回家后帮助父母，成了家里的顶梁柱。1980年，我与此地的青年塔瓦成婚，延续香火，有了三个孩子。现在，我的三个孩子都有了各自的生活，我和老头跟儿子一起幸福地生活着。

博特近照

博特与养父母

萨仁其其格：因母亲在身边而完整

满都日娃 | 文　　敖民 | 译　　发自鄂尔多斯市

20世纪60年代初，从上海、江苏、安徽等地有三千名孤儿来到内蒙古。我是这些孤儿中的一个，我叫萨仁其其格，档案里记录着我的出生日期：1961年1月10日。我被领养的地方在内蒙古伊克昭盟达拉特旗西归图牧场，现在的住址是在内蒙古鄂尔多斯市达拉特旗昭君镇柴达木嘎查。一开始，我在西归图阿西初拉学校念书，1977年9月转学到达拉特旗第一中学，1980年转学到达拉特旗蒙古族中学，同年6月高中毕业，考入伊克昭盟卫生学校妇幼医生中专，1983年8月被分配到达拉特旗赞丹召卫生健康院。我努力工作，光荣地成了一名中国共产党党员。我于2016年11月退休。

七岁时，我从大人们的聊天中得知自己的身世。在那以前，父母从来都没有提过我的身世。记得那时表哥笑话我，说我是上海人。我的小伙伴们也跟着大人们叫我"上海人"。后来，父母才清楚地告诉我我的身世。当时，我的二舅妈在学校念书，她得知从上海来一批孤儿待领养，就问父母要不要领养个孩子。父母商量后决定领养个孩子，就从达拉特旗西归图牧场赶着驴车去东胜领养了我，他们来回走了三天。

我的父亲叫额尔敦朝鲁，母亲叫阿西玛。母亲身体不好，不能生育，我成了他们唯一的女儿。父母领养我的时候我才八个月大，由于营养不良头也抬不起来，是个很弱小的孩子。母亲给我喂羊奶、面糊，细心照顾我一段时间后，我的面色开始红润，成了个活泼可爱的小孩。听说，父母去东胜领养我的时候二舅妈也一起去了，那些孩子当时被分到锡林郭勒盟、呼和浩特市、包头市、伊克昭盟。我被分到东胜区幼儿园小班，在第四十个床位上。

我的父母是牧民，我很幸运，在这个家庭中健康快乐地成长。到了学龄，我就被送到西归图蒙古族学校学习，学到了很多知识。我从小喜欢唱歌跳舞，父母非常重视我的兴趣爱好，注重我的全方面发展。我擅长音乐，在学校的时候一直是文艺班的成员。那时我有两个非常好的朋友，一个叫梁雅娜，是隔壁班的，另一个叫朗当，是我表妹，我们的关系情同姐妹。我们一起上学，一起唱歌跳舞，一起学习，谁有好玩的玩具或者好吃的东西都会一起分享。那些年，我们的家庭条件都不是很好，但我们的友谊是很深厚的。为了让我上学掌握知识，为了给我好的生活条件，父母努力工作，每天比别人多工作、多挣钱。在冬天的夜晚，母亲在油灯下给我缝衣服，因为没有钱，所以买不起棉花，她就拆掉自己的棉衣服把棉花拿出来放进我的棉衣里缝起来，生怕我冷了。为了保障我的生活，他们每天省吃俭用。就这样过了七年，我从阿西初拉学校毕业。1977年9月，我考入达拉特旗第一中学蒙古语授课高中班，这是我第一次离开父母、离开朋友们开始独立自主地生活。

1979年9月,我光荣地加入了中国共产主义青年团。1980年7月,我高中毕业,考入伊克昭盟卫生学校妇幼医生中专。1983年8月,我被分配到达拉特旗赞丹召卫生健康院工作,11月结婚,组成了家庭。我的爱人叫郭锐胜。父亲在2009年11月27日因心脏病去世了。我把母亲接到身边,到现在还在一起生活。有一年,七十八岁的婆婆也因病不能自理,我和爱人每天细心照顾,给她做饭、帮她洗漱,但她还是于2012年7月1日去世了,享年八十九岁。我现在儿孙满堂,家庭幸福。旗政府多次把我们评为"五好"文明家庭,我们还被自治区人民政府评为"敬老孝星"。我在这些荣誉面前不会骄傲,会好好照顾我的母亲,让她开心快乐地度过晚年。作为女儿,要好好报答父母对我的恩情,是他们给予了我第二次生命,让我有了幸福美满的家庭。

那些领养孤儿的母亲都像我的父母一样省吃俭用照顾"国家的孩子",养育他们长大成人。历史肯定会记载这些人无私的爱。感谢养父母的仁爱,社会救助的恩情是所有"国家的孩子"们共同的心声。

萨仁其其格的养父额尔敦朝鲁(中)、萨仁其其格(后排左)

萨仁其其格与爱人

王东方：懂得感恩的上海娃娃

徐晓鹏｜文、图　发自鄂尔多斯市

从电话联系到微信视频，过程轻松愉快，王东方给我的第一印象是很豪爽，完全没有陌生感。他头上的白发和脸上的皱纹勾勒出了岁月的痕迹，他性格爽快，说着一口流利的鄂尔多斯方言："女女，你有什么想问的就问，我一定把知道的都告诉你。""女女"是鄂尔多斯方言中对女孩子的称呼，听叔叔这么叫我还挺亲切的，本来悬着的心也落了地。由于情况特殊，我暂时不能出差，只能通过视频的方式进行采访。

王东方，1960年正月十五生，被抱养时只有十个月大，是在东胜的防疫站里被养父母领养的，当时的鄂尔多斯还叫伊克昭盟，养父母都是农民。当我问到出生日期准不准确时，王东方说，今年养母去世了，聊天时听姐姐说起过。王东方的姐姐比他大十岁，是养父母的亲生女儿。生完大女儿后，养母身体不太好，后来也一直没能再生育，就有了抱养孩子的想法。也因那时的传统观念，养父母想要个男孩子。姐姐说王东方刚被抱回来的时候手腕上缠着布条，布条上面写着"1960年正月十五"，也不知道是在南方的亲生父母写的，还是在孤儿院的阿姨写的。姐姐给王东方上完户口就随手把布条给扔了，正月十五也就成了王东方的生日。

王东方的养母是本地人，性格开朗，喜欢聊天。王东方听养母说，养父母在他之前还领养过两个男孩，但是都得病夭折了。说起养父母，王东方嘴里总是说着"我的养父母对我真的太好了，真的是没法用语言形容"。接着王东方沉默了一下，我也没有开口打断，我想他定是回忆起了和养父母生活在一起时的点点滴滴，一时不知该从何说起。王东方的养父是河北人，性格有些内向，不爱表达，但是对王东方的爱并不少。王东方回忆说，父亲一直是干会计的，但是为了让他从小有奶喝，便放弃了工作去放羊，这一放就是七八年，因此小时候的他也没有受过罪。到了上学的年纪，父亲便拉着牛车从康巴什送他到东胜去上学，牛车里拉着被褥、干粮和炭，父母怕王东方在学校受委屈，行李备得充足。"那时，同宿舍同学的被褥都是草芥的，而我的是棉花的，同学都爱挤着我睡。"回忆起养父母，王东方眼里饱含着感恩之情。

在接下来的采访中，王东方拿着一本书给我看，这本书的名字叫《三千孤儿和草原母亲》，作者叫马利，写的是在锡林郭勒盟生活的"国家的孩子"们。说来也巧，2016年的一天，正在康巴什图书馆里闲逛的王东方，偶然看到书架上的《三千孤儿和草原母亲》，不由得伸手拿了下来，这一拿，就再也没有放下过。王东方说他在十三岁时在和小伙伴们玩耍时邻居家的叔叔说道："哎呀，上海娃娃的耍法和本地娃娃的耍法就是不一样！"听到这句话的王东方很不愉快，心里想着叔叔为什么要这么说我呢？便跑回家问母亲，母亲自然是找邻居理论一番。在那之后，王东方心里有了心事,但是他再也没有跟父母提起。每当他问起这个问题,那些叔叔阿姨们的回答是一样的,"怕父母伤心,怕父母多想"。看到书里的内容时王东方才知道当年他们这批孩子北上入内蒙古的经过,他感慨万千,当即找到图书馆管理员,"这本书你卖也得卖,不卖也得卖",王叔叔笑着打趣道。后来,女儿给王东方买了一部智能手机,他通过用手机"百度"搜"上海孤儿"知道了当时三千孤儿大迁移的背景,也知道了自己为什么会来到内蒙古。

也是后来,王东方从母亲那里得知,自己当年还有一个奶妈,相处了一百天的时间,是母亲当时的邻居。2016年,王东方在康巴什寻见了当时的奶妈。老人已经记不清事情了,当王东方提到养母的名字时,老人点了点头。养育之恩、哺乳之情,王东方都记在心里,他说能记一辈子。

视频里的王东方,总是笑嘻嘻的,跟我说他现在还在做小买卖,在康巴什开着一家玩具店,要不然在家坐着也是坐着,还是干着自己的老本行心里舒坦。为什么说是老本行呢?高中毕业后,王东方很遗憾自己没有考上大学,就和父亲一样做起了小买卖,因为父亲在河北时就是做买卖起家的,一干就是三十八年。"当时也是东胜的第一批生意人",王东方骄傲地说。2010年,王东方又回到了儿时熟悉的康巴什。我问他有没有去过上海,他说去过,但就是去旅游,看看自己出生的地方,踩一踩孕育他的那片土地。

我被他真诚的笑容感染,被他的感恩之情打动。内蒙古的养父母们爱得毫无保留,但是他们从来没有觉得这些孩子只属于自己,他们记得孩子们是"国家的孩子"。

十五岁的王东方

王东方与养母

张秀萍:退休后的志愿者

徐晓鹏丨文、图　发自巴彦淖尔市

　　第一天准备采访时,张秀萍正在老年大学参加活动,无法进行采访,所以我们将采访时间改到了第二天。视频接通后,张秀萍的第一句话就是"本来今天老年大学还有事情的,我请假了"。看得出来,她的生活很丰富。

　　长大后的张秀萍命运多舛,在她十几岁时,哥哥的爱人在生完孩子不久便得重病离开了人世,张秀萍的父母又都忙于工作,照顾亲侄子的责任便落到了她的身上。当年,认识张秀萍的人都知道,她左肩背书包,右肩挎水壶,放学后还要去奶牛场给侄子打牛奶喝。2000年,养父因肺癌去世。养母从1984年患脑血栓开始一直瘫痪在床,跟张秀萍一起生活,由张秀萍照顾起居,直到2014年养母去世。接着,张秀萍的丈夫因车祸也在同年去世。

　　张秀萍说,她感谢父母的养育之情,父母对她的爱堪比亲生孩子,所以照顾瘫痪的母亲时,她没有抱怨过。说到哥哥时,张秀萍说,哥哥也是抱养的,现在哥哥还时不时给张秀萍打电话询问她的身体状况。父母不在了,兄妹俩成了这世上彼此唯一的亲人。虽说在南方的上海也有着一份孕育她的爱,但是在张秀萍心里,养父母哺育她的那份爱才是她内心深处难以回报的恩情。

　　小时候张秀萍在幼儿园和小伙伴玩耍时,小伙伴朝她喊"她是上海的、她是上海的",小秀萍回家问母亲:"他们为什么这样喊我?"可母亲总是含糊其辞,不告诉她。养父去世之前把张秀萍叫到身边,告诉她她的身世。1960年,来自上海、常州等地孤儿院的三千余名孩子,坐上一列列北上的火车,跨越大半个中国来到内蒙古,张秀萍就是其中的一名。父亲告诉她,去领养她时,她已经被抱走过一回了,可是她哭闹得厉害,被第一家领养人送回了当时集中护理他们的保育院。当父亲走进保育院时,站在一旁的张秀萍用小手扯了扯父亲的衣襟,就这样,父亲把她抱回了家,开始了他们四口之家的生活。

　　在张秀萍的记忆里,养父是一名兢兢业业的干部,养母是单位的党支部书记,父母工作都很忙碌,对张秀萍的照顾偶尔会疏忽大意。有一回,六岁的张秀萍在雨里玩,为了躲避车子,自己掉进了一个大坑里,坑里有满满的水,因为她的个子还不是很高,水立马没过了她的头,还好被当时路过的工人叔叔一把拎了起来。那时,地方小,人们相互都比较熟悉,工人叔叔说:"这不是刘书记家的孩子吗?"便赶紧把她送回了家。父母看到满身是水的张秀萍,抱着她哭了起来,那个时候,张秀萍感觉到父母真的很紧张她。

　　张秀萍现在是社区里的一名志愿者,刚刚退休的她便到社区报了名,一天都没有闲着,"是登记在册的那种,社区有工作需要时,第一个想到的人就是我",说到这里,张秀萍很是兴奋。她不光在社区里当志愿者,还在当地的老年大学做后勤工作,每天按时按点,像年轻时的她一样朝气蓬勃。这些退休以后的叔叔阿姨们想着再为国家出点力,发挥一下余热,也让自己的老年生活丰富多彩。

　　张秀萍说,现在回想起从前,像过电影似的,一幕接着一幕。当年在公安局工作过的她,也在寻亲系统中采集过自己的血样,是抱着试一试的心态,没有太多的想法,找到了更好,找不到也没有遗憾,因为她知道,内蒙古才是她一辈子的家。

张秀萍(一排右)、哥哥张建平(一排左)、
养父张银贵(二排左)、养母刘玉英(二排右)

张秀萍与哥哥张建平

张秀萍

惠幸福：走好我的人生路

徐晓鹏｜整理　发自阿拉善盟

20世纪60年代，我的父母亲共收养了五个孩子，在那个物资短缺的年代实属不易。父母去世后，我整理他们的遗物时看到了发黄的证件、照片以及零星的履历表，便勾起了我对他们的想念。至于我的身世，我在八九岁听周围邻居提起过，说我是上海孤儿，但父母从来没有在我面前提过，直到临终也没有吐露半点信息。几十年后，我从照看过我的阿姨嘴里得知父母抱养我的经过，又听父亲生前好友说起父母，心中真是感慨万千，我的思绪也被带回了从前的年月。

在家里存放证件的盒子里至今有一张父亲的党费证，封面的塑料皮不知什么时候掉落遗失了，证件的正中是一面红色的党旗，党员姓名惠荣，他就是我的养父。证件落款是中国共产党阿拉善右旗委员会组织部，时间是1971年3月1日。翻开已经泛黄的内页，看到的是从1971年到1976年每月一元二角的党费交纳记录，证件的第一栏里显示每月所得包干工资为一百一十五元零五分。

父亲平时虽不善言辞，但待人善良、乐于助人，是个忠厚老实的北方汉子。我至今我觉得我的言行举止，甚至思想品行都深受父亲影响。父亲一生为人师表，对子女管教甚严。记忆里，父亲总是以军人的标准自我约束，对我更是严格要求，说到做到，从不含糊。小时候，我经常跟着父亲打柴、拉煤、脱煤块。上中学的时候，家里的煤块都由我来脱，我脱的煤块都是方正又光亮的。其实这些都是由于受到父亲潜移默化的影响。

生活中，父亲总是把好吃的留给我和弟弟妹妹，自己却省吃俭用。记得20世纪60年代末，家家户户都是吃着国家配比供应的粗粮和细粮，我上学的时候经常看到很多同学手中拿的都是黑面馍馍、玉米面发糕，而我上学前爸爸做的早点几乎没有粗粮食物，饭桌上总有白面馍馍，偶尔还会有鸡蛋和牛奶。有一次，我把作业本忘在家中，中途回来取时却发现父亲、母亲喝着白开水就着馍吃，爸爸手里拿的是黑面馍馍，妈妈手里一半的玉米面发糕已经递到嘴里了。我闹着也要吃，父亲却说："这个黑馍馍只能大人吃，小孩子不能吃，要是吃了就长不高了，容易变成傻娃娃。"当时我还小，不懂事，后来才知道父母亲是把最好的食物留给我和弟弟妹妹，他们自己却不舍得吃。我父母当时算是条件好的，是双职工，工资待遇还是不错的。可即便这样，我们的生活也不是很宽裕，毕竟有我们五个孩子。

1978年9月13日，父亲永远地走了。父亲临终时我一直守在他床头，但他始终没有对我说起我的身世，甚至连一句相关的话题都没有提及。他从来都认为我就是他亲生的儿子，而我也一直认定他就是我的亲生父亲。从小到大，我已经习惯了父亲对我的严厉管教。其实父亲是在有意识地培养我，尤其是父亲在部队的一些好习惯，一直影响着我，直到现在我还和当年的父亲一样，不睡懒觉，每天早上早早起床，出去走路，自己做早点，被子也总是叠得方方正正的。这些看起来不值得一提的事却几乎影响了我的一生。

惠幸福的养父(惠荣)、养母(秦瑞芳)的结婚照

惠幸福

乌宁其:天边的妈妈

徐晓鹏｜整理　发自阿拉善盟

我们一行三人按照约定时间,顺着指引的路线,仔细找寻着标志物,终于在巴彦浩特乌巴路东面的绿戎山庄附近停下脚步,来到此行访问的主人公乌宁其家。大姐早已在房后的小山坡上等候我们。虽然从未相见,但我能猜到远处手遮着额头向这边张望着的身影一定是她——乌宁其。远远地看她从小山坡上碎步向我们走来,我忽然有了错觉,仿佛那山包成了浣纱溪畔,那几棵倔强的沙生植物成了垂柳细杨,烟雨蒙蒙,一位女子轻吟着江南小调,正盈盈走来。而当她走近我们开口问候时,我才被拉回了现实。一个中等个子、皮肤白皙、脸颊微红、身材纤瘦、声音柔软轻细的大姐站在我面前,眼神祥和而澄澈,还略带一丝紧张。

乌宁其说:"我的父亲叫魏德登,母亲叫香瓜,生活在木仁高勒苏木巴音塔拉嘎查。父亲是木仁高勒苏木一带挺有名的赤脚医生,多数时间在卫生院忙着,为牧民们看病送药,很少在家。母亲身体不太好,但是很勤快,给公社放羊、放驴、挤牛羊奶、剪羊毛、拧毛绳、接羊羔,样样都行,还给我们做饭、洗衣、缝补衣服,印象中母亲从早到晚忙个不停。难得回家的父亲总是一进家门把我抱起来逗我玩,然后从他那个会变戏法的口袋中变出好吃的,一把瓜子、一块水果糖、一截甜锁阳,每次都给我惊喜。"

"我一直以为自己是父母的亲生孩子,他们也从来没有告诉过我我的身世。过了两年,盟里统计上海孤儿情况,苏木工作者来家里调查,父母才把实情告诉了我。那是1960年的一天,一直没有孩子的母亲接到公社通知:'家庭条件好又没孩子的牧民可以去苏木收养孩子。'在苏木工作的同志和照顾孩子的保育员带着五六个孩子,他们大多是女孩子,是坐一辆吉普车来的,母亲听说后一路跑着赶到苏木。母亲到达苏木时只剩下两个女孩子了,其中一个就是我,在苏木工作的同志告诉母亲我的出生时间是1957年10月4日,母亲说我当时特别瘦弱,快三岁了看起来就像一岁多的样子,穿着件花衣服,缩在一个小棉被里,小脸上一双明亮的眼睛一直盯着她。母亲说这可能就是缘分,一把抱起了我。从此,我便成了他们的孩子。母亲说,可能是由于长期挨饿导致营养不良,我身体一直不好,那时候已经两岁多了,还是不会走路,容易生病,一生病夜里就发烧,不停地哭闹,母亲着急,一晚上抱着我不睡觉,幸好父亲是医生,配一些药给我吃。当时也没有奶瓶,母亲把一个牛角打磨完在上面钻了个洞,做成了牛角奶瓶,把羊奶灌进去喂我。就这样每天喝着羊奶吃着羊肉粥,几个月后,已经三岁的我终于会走路了,身体也慢慢好起来了。后来知道自己的出身后,我也让母亲找我来时穿着的衣服、棉被和母亲做的牛角奶瓶,母亲说经过几次搬家和修房子已经找不到了。"

乌宁其露出了遗憾的表情,我知道在她心中,这几件东西不仅是记忆,还是历史的见证,更是在牛角奶瓶上有抹不去的母亲的温暖的爱。

乌宁其的养父魏德登、养母香瓜

乌宁其

萨仁高娃：家是一个人幸福的港湾

徐晓鹏｜整理　发自阿拉善盟

爱是恒久的诺言，我的父亲布赫特木尔、母亲东扣一诺千金，他们无论面临多么困难的处境，都没有放弃过我这个来自上海的孩子。他们用博大的胸怀在额济纳贫瘠的大漠深处，含辛茹苦地把我这个"国家的孩子"培养成一名优秀的人民警察，并有了自己温暖的小家庭。六十年风霜雨雪的锤炼，早已使我成了地道的额济纳人，我感恩祖国，感恩社会，感恩曾养育过我的父母。

我的父亲又瘦又高，酷爱骑马，走起路来昂首挺胸，处处显示出一名军人的气势和威严。1960年夏天，父亲在磴口学习，期间听到大家都在谈论说，内蒙古政府将三千名因饥饿挣扎在死亡线上的上海孤儿接到内蒙古，磴口保育院从上海接来四十名孤儿（数字有待考证，编者注）。带着好奇心的父亲布赫特木尔和同来开会的几个额济纳旗来的基层干部们买了许多吃的相伴着去看孩子。后来，父亲聊天时说过，他那天一进门就看见孩子们都围成一个圈坐在小凳子上，大的也只有七岁，小的只有一岁大，还有几个月大睡在襁褓中的婴儿。孩子们大多面黄肌瘦，有的患病在身。父亲注意到一个两三岁的眼睛炯炯有神的小女孩从他进门后开始一直盯着他看，目光一刻也不曾离开。这个小女孩就是我。父亲那时一个月的工资是五六十元人民币，他花二十元钱从磴口县给我买了两套衣服和两双鞋。母亲说我来时除了父亲给我买的两套衣服外，只有左手腕上缠着一个用油笔写了字的手绢，后来经过几次搬家，带字的手绢也不知去向，母亲说那个手绢上应该还写着我在保育院时的编号。

我四岁时患了肺结核，母亲带着我到一百多公里以外的达来呼布镇治病。治肺结核花了几个月，在住院治疗的这段时间里，母亲一直陪着我。在最初的几天里，母亲几乎没合过眼，不时给我喂水，还嚼碎炒米喂我，我病好了，母亲却因为长期劳累而病倒了。有段时间，父亲的工资也停发了，家里的生活陷入困境。寒冬腊月，冰冷的炕上，全家人靠仅剩的一条羊毛被相互温暖身子。邻居看到这种情况，不理解地问母亲："你们自己都吃不饱穿不暖，为什么还要抚养一个与自己毫不相干的孩子？"母亲说："萨仁高娃就是我的孩子，只要家里有一口吃的，我就不会让这个孩子饿着。"那几年，家里经常吃不饱饭，母亲宁可自己苦一些，到处借钱给我凑学费，也没有因为家庭困难而终止我的学业，是他们让我感受到什么是大爱、什么是亲情。

我挺幸运的，是党和国家把我送到内蒙古，我成了"国家的孩子"，遇上了疼爱我的养父母。

萨仁高娃的（左）全家福
养父布赫特木尔（三排左一）、养母东扣（左二）及叔叔那生巴雅尔（右一）

金睦仁：父母的爱就是一片海

徐晓鹏｜整理　发自阿拉善盟

我叫金睦仁，也叫木仁或木楞，1960年2月10日出生于江南某个水乡或城市，具体已无从查考。在我长大记事起才听人们说起自己是南方人，是来自南方的上海孤儿。1962年，我被内蒙古阿拉善盟一户家庭收养，我的父亲叫苏德那木巴拉吉，母亲叫呼和。半个多世纪过去了，我已随养父母成为和硕特的一员，在沙漠戈壁宽广无垠的蓝天绿地中长大，习惯了苍天般的阿拉善，对戈壁沙漠怀有深深的眷恋。

20世纪60年代，阿拉善还归巴彦淖尔盟管辖，我母亲是苏木干部，有一次正巧去磴口开会。开会期间，母亲听说盟保育院来了一批上海孤儿，许多人相约去保育院看孩子。那时，我父母一直没有生育，借此机会非常想养一个孩子，就利用会议的空隙去保育院看这些孩子。几天后，会议结束，母亲第二次来到保育院看这些孩子，那些日子几乎每天都有人来领养保育院里的孩子，母亲呼和这次看到保育院的孩子明显少了一些。在保育院的这批孩子中，我是又瘦又小，可怜得很，先前来领孩子的人大概都嫌我瘦弱，怕养不活，都只是看我一眼就扭头走了。当时母亲一进门看我还没有被领走就兴奋地围着我看了又看。保育院的阿姨们也认出了母亲呼和，纷纷向她说起她那天走后我大哭的情景，母亲似乎很感动，这次她几乎没有再看其他孩子，径直过来抱起了我。母亲说我当时身体很弱，抱着感

金睦仁

173

觉软软的,小手细得像个鸡爪,但还是紧紧地抓着她,生怕她放下。母亲说当时我已有两岁,很懂事,两眼盯着她,还知道用小手给她抹泪,当时她就决定再也不撒手。

听母亲讲,我的身体一直虚弱,瘦瘦的身体支着一个小脑袋,三四岁还走不起来。他们想尽办法给我弄些好吃的,还费尽周折喂我钙片,一直期盼着我能早一点走起来。后来听母亲说起,我五岁那年,家中喜事连连。有一天,我突然扶着墙站了起来,当时没有人没注意到,正巧父亲有事回家,看到我突然站了起来,他激动地跑到院里冲着院门大声喊道:"快来看哟,我儿子站起来喽!"母亲说,也是五岁那年,我突然开口说话了,只是一个字一个字往出"蹦",听起来很有趣。母亲第一次听到我说话,激动得流下了眼泪,抱着我久久不肯撒手。

如今,我的养父母已过世多年,可他们的身影总在我眼前浮现。养父母的善良、耿直、忠诚已经深深地影响了我一生。古人云:"哺乳经三年,汗血耗千斛。"我永远忘不了他们对我的辛勤哺育,我要让后辈铭记这段历史,以报答党和祖国的恩情。

乌仁其木格:感知大漠醇香的岁月

徐晓鹏|整理　发自阿拉善盟

　　眼前的乌仁其木格,开朗、健谈。如果没人提及,任何人都想不到,若是寻根,她出生在江南。讲起自己的身世和经历,乌仁其木格似乎有说不完的话。

　　"我刚到家里的那些天,总是哭哭啼啼的,也不让母亲抱。可能是认生的缘故,也可能是我听不懂话的缘故,一岁多的我再不说一句话。父亲上班,母亲放牧,我留在毡房里。有一次,母亲放牧回家,看到毡房里没有我就赶紧出去找,挨家挨户找了几十公里,双脚都磨出了泡。母亲回到毡房后才发现,我卷在被子里睡着了,那一刻,她抱着我痛哭流涕。说来也奇怪,那天吃饱饭后,我就认可妈妈了。从此,妈妈去哪儿我就像个小尾巴一样跟到哪儿。

　　"家里的生活条件虽然不好,但妈妈从没让我挨冻、受饿。我刚开始不适应当地的饮食习惯,每顿就吃点米饭,把父亲辛苦猎来的黄羊肉悄悄扔到屋子外面,把母亲节省出来喂给我的骆驼奶吐出去,母亲看我最喜欢像吸奶嘴一样吸羊尾巴,就把羊尾巴削成一条条给我当'零食'。渐渐地,我习惯了吃羊肉、喝驼奶、吃奶制品,长成了白白的'小胖丫'。后来家里也住上了土坯房,烧了热炕。妈妈说我是国家赐给她的福分,自从女儿来到家里,生活一天比一天好。

　　"和母亲一起放牧的日子虽然艰苦,但也有乐趣。母亲是家里的好劳动力,也是公社的优秀放牧员。在我站在驼背上才比驼峰高出一点点的时候,母亲就将我扶上了驼背,她说我骑上骆驼,骆驼的双峰就变成三峰了。我喜欢看妈妈驯服母驼,轻柔地和母驼耳语,为我挤出香甜的驼奶,我感觉妈妈是世界上最美的女子。

　　"母亲说:'孩子,妈妈这一生犯的最大的错误就是把你戴在右手上的牌子弄丢了,那块牌子上写着你的名字和出生日期,还有在上海时的地址。也许凭着那块牌子,你还能找到上海的亲人。孩子,对不起,妈妈把你的过去给弄丢了。'母亲拉着我的手,带着她的遗憾,带着深深的眷恋,永远地合上了双眼。

　　"我曾天真地认为妈妈一直都会陪伴在我身边,不会离开我这个至亲的人。可是妈妈最终还是留下所有的爱和所有的温暖离开了我。我常常想,现在日子好过了,可妈妈却享受不到这么美好的生活了。我想妈妈,经常在梦里见到她,我爱听那首《梦中的额吉》,相信她也一定会听到。"

乌仁其木格（后排右二）和丈夫（左一）、养母（前排）合影

娜仁其其格：扎根内蒙古的太阳花

徐晓鹏｜整理　发自阿拉善盟

我出生于1958年，1960年9月来到阿拉善。我最早的记忆是从保育院开始的，在那以前的事我想不起来了，爸爸妈妈在我的记忆里没有一点印象，我也不知道自己从哪里来。我懂事时就在保育院，保育院的阿姨一直照顾我，我对阿姨特别依赖，她唱歌我也唱，她跳舞我也跳，她就像妈妈一样，给我穿衣，给我喂饭。保育院里穿白衣服的阿姨多得很，一个阿姨照顾十个左右的娃娃。

我们那一批送到锡林郭勒公社有七个娃娃，我记不清我手上戴的布条是指所有娃娃中的一号还是来锡林郭勒的七个娃娃中的一号，只记得阿姨跟我说我是"一号娃娃"。但"一号娃娃"不是我的名字，我的名字叫温都苏，我记得很清楚，在保育院时阿姨就叫我温都苏。温都苏意为"根"，现在想想，阿姨可能是想让我记住自己的根吧。

公社书记胡巴图巴依尔去磴口开会的时候把我们领回来的，一辆汽车上接来七个娃娃到巴彦浩特。我的爸爸叫特古勒德尔，妈妈叫策仁道勒玛，当年爸爸五十岁，妈妈四十岁，未生育。我为啥到了这个家庭？因为我是七个娃娃中最大的一个，胡巴图巴依尔书记对爸爸说，这个孩子最大，你们就养这个娃娃吧，早一点长大能早一点给你们帮忙，所以我就到了这个家庭。张宝山是大夫，经常下乡，夏天骑个毛驴，冬天骑个骆驼，走家串户给牧民们上门治病，路过我家肯定进来坐坐，肯定给我带个啥吃的。胡巴图巴依尔书记给我取了个新名字娜仁其其格，意为太阳花，胡书记和我的爸爸妈妈都希望我像太阳花一样茁壮成长。

我刚来的时候公社还是大集体生活，所有的生产资料都是大集体的，牧民没有自留羊。胡巴图巴依尔书记把抱养上海孤儿的七户人家召集起来开会，告诫大家说："这些娃娃都是'国家的孩子'，你们不能骂孩子，更不能打孩子，也不能当着孩子的面说脏话，不能对孩子们说他们是没有爹妈的孩子，不能让饿着，也不能让冻着。谁家如果出现以上现象，我就把孩子要回来。"他还给每家分了一只母山羊和母绵羊，下的羔子也归各家，这样就保障了我们的生活。我们不仅每天能喝到羊奶，而且有了私有财产。这可是一笔不小的财富，每年能收两只小羊羔，一年又一年，慢慢地各家自留羊就多了。

这是我的枕头，这颗红色的纽扣是我自己缀上去的，陪了我几十年了。我为什么留下这颗纽扣呢？我整理妈妈的遗物时从她留下的一个小布袋里发现了这颗纽扣。妈妈是个很细心的人，她把许多小东西都装在这个小布袋里，针头线脑啊，各种各样的纽扣啊什么的。我一眼就看见这颗纽扣，因为我认识它，它是我从保育院来时穿的衣服上的，我把它拣出来缀在我的枕头上。后来那个枕头破得不能用了，我就把这颗纽扣剪下来缀在新的枕头上，这么多年来枕头换了几个，但这颗纽扣一直就缀在这里。这是一分念想，这颗纽扣是跟着我一起来的，是小时候留下的唯一东西，我有啥故事它就有啥故事，我舍不得丢掉。我刚来的时候穿的是带花的绿色衣服，裤子是红色的，都有里子，里子都是红色的。这身衣服我一直穿到小得不能穿了，也不知妈妈给我洗了多少回了。后来，衣服没能留下，没想到细心的妈妈却把衣服上的纽扣保存了下来。

娜仁其其格（后排）与养父母及长子

刘建军：阳光 雨露 沃土

徐晓鹏｜整理 发自阿拉善盟

在我采写上海孤儿刘建军之前，就已经知道他是被一个干部家庭领养的。2019年7月20日上午，我到刘建军家采访了他。这是我第一次见刘建军，他有将近一米八的个头，看上去有些消瘦，但是显得挺拔有力。他给我的印象是朴实、干练、精明、敏捷。他说着一口标准的阿拉善左旗方言，说话干脆利落。

让我大惑不解的是，正式的交谈开始以后刘建军首先谈的不是他自己，而是收养他的父亲。"我父亲是军人，上过朝鲜战场。"他用略带自豪的语气说。说完，他把早已准备好的一份履历表交给我，我以为是他自己的，一看才知道是他父亲的。我把履历表粗略看了看，才知道他的父亲不但上过朝鲜战场，而且立过功。看得出来，他为有这样的父亲而感到骄傲。刘建军的父亲虽然已经去世，但是他的军功章、证件以及其他能证明父亲荣誉的物品、材料大都保留了下来。

"父亲在战争中遭受的最大不幸是因负伤而失去了生育能力，这注定他一生无法生儿育女。这就成为我走进这个家庭最重要的因素。母亲心灵手巧，极爱干净，是干家务活儿的能手。父母当时都住在大连，几年以后转业回到老家磴口县，父亲担任巴彦淖尔盟福利院院长。我是1961年从上海到内蒙古的第三批孤儿。这些上海孤儿刚来时，就留在父亲所在的福利院被照料。父母因无法生育，便收养我做他们的儿子。

"不久以后，我们举家搬到阿拉善左旗巴彦浩特镇。我不记得当时的情景，只听别人谈起过，有的人说父母抱养我的时候我只有两岁，有的说是三岁。那时城市供应以粗粮为主，但我几乎没吃过粗粮，吃的都是大米、白面等细粮，记得我小时候曾经拿白面馒头换小伙伴的玉米钢丝面吃。由于经济条件好，再加上母亲心灵手巧，我几乎没穿过带补丁的衣服。逢年过节，父母都给我零花钱，还给我买玩具，这在当时是极其奢侈的事。

"我感觉自己真正懂事是在1977年，那年我十七岁，高中刚毕业。那时，高中毕业后要下乡锻炼。我下乡的地方是巴彦浩特镇东边的种畜场，离家只有几公里远。即便这样，我的生活还是发生了很大变化。从小到大，我一直和父母朝夕相处，当时想着离开他们后不但要独立生活，还要参加生产劳动，再也不能像以前那样自由自在了。虽然种畜场离家并不远，但是一个月才能回一次家。那时我才真正感觉到和父母生活在一起是多么幸福。也是从那时开始，我觉得自己一下子长大了，懂得了感恩父母、孝敬父母。劳动了两个月，场里发工资，我领了三十四元钱，扣掉伙食费，还剩十几元。回家以后，我把钱全部交给母亲。

"父亲于1994年去世，享年七十岁；母亲于2003年去世，也享年七十岁。尽管他们离开我们已经有些年了，但我还是会常常想起他们。让我感到遗憾的是，现在的生活条件更好了,他们却没享到福就走了。现在我也到了退休年龄,儿孙满堂,一家人其乐融融。我之所以有今天,首先当然要感恩我的父母,是他们把我抚养成人。另外,我还要感恩内蒙古人民,是他们敞开无比博大的胸怀慷慨接纳了三千余名上海孤儿。他们对我恩重如山,没有他们,我可能在幼儿时代就夭折了。"

刘建军

查干础鲁：在父母的呵护下成长

徐晓鹏 | 整理　发自阿拉善盟

我来阿拉善的时候还不到一岁，只会坐，还不会走路，可能是那一批孩子中最小的一个。

我的爸爸叫罗布森，妈妈叫诺尔金，我是家里唯一的孩子。妈妈跟我说过，当年听说要来一批上海孤儿可以领养，爸爸妈妈立刻报了名。结果吉兰泰公社只给送来三个孩子，都是女孩。当时符合收养条件的家庭挺多，都是牧民，他们都没有孩子。公社对申请领养孩子的家庭做了详细的调查，最终确定二大队的图布欣孟克、罗布森弟兄两家各留一个孩子，另外一个孩子被送到六大队的人家。这样，我被爸爸妈妈领回家，和我同来的一个女孩被叔叔图布欣孟克家领了去，我们两个成了堂姐妹。爸爸给我取名叫查干础鲁，意为白色的石头，也就是白玉。玉石温润、美丽、坚硬，爸爸妈妈希望我像玉石一样漂亮。我们那一批孩子都是喝羊奶、驼奶长大的，我刚来的时候还没有断奶，只要是奶就不拒绝，尤其爱喝刚挤出来的热乎乎的驼奶。妈妈去驼圈挤奶时，我就拿个碗跟在后面。

我是比较安静的孩子，很少惹爸爸妈妈生气，他们经常在别人跟前夸我。但是我知道自己比较笨，什么事情都做不好。可是爸爸妈妈从来不说我，对我极为宠爱，别说打了骂了，连怪罪的话也没有说过，把我当公主养着，好吃的好喝的全都给了我。在爸爸妈妈的百般呵护下，我的胆子就大了起来，时不时地使点小性子。爸爸妈妈也不生气，总是抱着我、背着我、哄着我。但是，当我真正做了错事的时候爸爸可是一点也不迁就，会严厉地批评我。

我这个人不喝酒、不贪玩、不喜欢应酬，只要有空就回家看望爸爸妈妈，竭尽所能地尽作为女儿的孝道。但是爸爸并没有享多少福，于1987年去世。

爸爸走后，留下妈妈一个人放牧。当时妈妈已经六十七岁了，我担心她的身体，劝她把牲口卖了来我这里养老，妈妈不同意。妈妈一辈子放牧，住不惯城镇，在镇上才住了一年多，精神状态越来越差。我看着心里着急，谁想到我腿脚又意外地受了伤，索性就办了提前退休手续，陪着妈妈搬回了牧区。我的儿子塔拉从小自立，在外面务工不用我管，女儿塔娜在我的母校住校读高中，也不用我操心，我就在牧区专门照顾妈妈。2000年，我亲爱的妈妈去世了，享年八十岁。

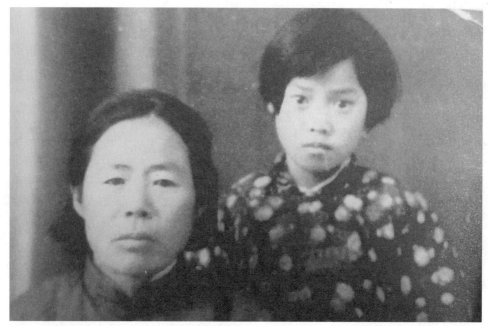

年幼的查干础鲁(右)和母亲

青年时期的查干础鲁

郭丹：内蒙古的"江南老师"

于洋｜图、文　　发自满洲里市

郭丹是扎赉诺尔区旺泉小学的一名退休教师，也是一名"国家的孩子"。1961年3月，郭丹从无锡孤儿院来到呼伦贝尔市扎赉诺尔区被一对夫妇领养。养父是扎赉诺尔煤矿的中层干部，养母是扎赉诺尔矿区一所小学的人民教师。

父母的爱犹如清澈的泉水，他们把这个新来到家中的女儿视为掌上明珠，为她取名郭丹，寓意红艳艳，希望她以后的生活美满幸福。

郭丹不到两周岁便患上脊髓灰质炎，养父母四处求医问药、尝试各种偏方并不远千里带她赴长春市解放军208医院治疗。几经周折，养父母最终治好了女儿的病，他们用博大的胸怀和温暖的爱将郭丹抚养长大。

1977年，郭丹高中毕业当了代课老师。1979年，她接过母亲的"接力棒"，正式成为一名光荣的人民教师。从此，郭丹在教育战线上一干就是三十八年。在这三十八年当中，她时刻都没有忘记是内蒙古人民养育了她，要以毕生的奉献来回报这片土地、报答养父母。郭丹为这片土地培养了无数名优秀的学生，曾多次获得盟、市、区级劳动模范、优秀教师、教改能手的荣誉称号。1997年，她光荣加入中国共产党，并被评为"中学高级教师"。退休后，她仍然担任着有关工委的工作，讲述着亲身经历的那段历史，把激情和汗水奉献给教育事业。

郭丹经常提到当时保育员阿姨对她的照顾，深深感恩着养父母对她无微不至的照顾。值得一提的是，内蒙古自治区当时遵循"接一个、活一个、壮一个"的抚养目标，为孩子们提供了良好的生活条件，让每个孩子都得到家一般的温暖。三千孤儿入内蒙古正是我们各族人民团结一心，把"国家的孩子"当作自己的孩子，努力培养、无私付出，给予他们更好的生活条件的真实而感人的故事。

郭丹是一个幽默的人，她的脸上经常洋溢着幸福的笑容。郭丹于2015年退休后和爱人经常在海拉尔帮忙照看小外孙。

她始终都说，从没感觉自己是个孤儿，这片土地养育了她，是养父母给了她幸福的人生。性格特别阳光的郭丹，给人满满的正能量，一直在说着感恩的话，说党和国家给了她第二次生命，母亲的怀抱给了她美满的幸福生活。善良的养父母，感恩的郭丹，共同演绎了一段人间佳话。

一位母亲收养一个孤儿是善良，一片土地养育三千名孤儿是博爱！这是中华民族一家亲的生动体现……原本相隔千里没有血缘关系的人们如今血肉相连，生死相依。

郭丹与母亲、哥哥

郭丹儿时的全家福

郭丹与父亲、哥哥

郭丹的全家福

"国家的孩子"在二连浩特

发自二连浩特

在二连浩特市格日勒敖都苏木有这样一群人，他们从小生活在孤儿院，却在内蒙古找到了温暖的家。他们就是被当地牧民们亲切地称为"国家的孩子"的上海孤儿。

20世纪60年代初，全国粮食供应不足，上海、江苏、安徽等地的几十个孤儿院里，大批孤儿面临粮食不足的威胁。情况紧急，全国妇联负责人找到周恩来总理寻求解决办法。这些孤儿的命运牵动着周恩来总理的心，内蒙古自治区人民政府主席乌兰夫代表内蒙古人民主动担起这份责任。于是，内蒙古以博大的胸怀接纳了这些孤儿。

从1960年初至1963年，内蒙古先后接纳来自上海、江苏、安徽等地的三千余名孤儿。这是发生在20世纪60年代内蒙古的一次堪称人类历史上罕见的"生命大营救"，也成为中华民族团结的历史佳话。

在此期间，有十几个孩子来到了他们的新家——二连浩特市格日勒敖都苏木。这些孩子大的不过七岁，小的只有七八个月。牧民们非常喜欢和心疼这些来自远方的孩子，纷纷前来领养。他们骑着马、赶着勒勒车从几十公里外赶来，把孩子接回家里，像对待亲生儿女一样精心抚养，教孩子们说话、骑马，供孩子们上学。

如今，那些弱小生命生活得怎么样？日前，我们带着疑问走进二连浩特市格日勒敖都苏木十一名"国家的孩子"的家中，重温他们半个多世纪的成长经历，聆听这一曲用大爱谱写的民族团结、和谐发展的颂歌。

道日娜其其格来到内蒙古时仅有十个月大，收养她的脑日达巴拉当时已经有一个十五岁的女儿。但是再苦再难，脑日达巴拉都没有委屈过孩子。道日娜其其格小时候一直不理解别人叫她"国家的孩子"，直到十多岁，她的父母告诉了她的身世。道日娜其其格长大后与当地卫生所的一名医生结婚，除了丈夫前妻留下的三个孩子外，自己又生了三个孩子，仅靠丈夫一个月六十元的工资养活一家八口人显然远远不够。勤劳、坚忍的道日娜其其格扛起了养家的重担，放羊、打工，靠着不服输的性子硬是撑起了一个家。她把六个孩子都送去读书，现在六个孩子都有自己的工作。道日娜其其格苦尽甘来，如今住在市区宽敞明亮的楼房里，儿孙满堂，尽享天伦之乐。

沙仁花是当初来到内蒙古的孤儿里父亲和母亲最多的一个，从1958年来到内蒙古一直到1973年，沙仁花先后被四个家庭收养，每一对父母都给了她无微不至的关爱。初中毕业后，沙仁花留在苏木小学教学。十九年的教学生涯里，她将知识毫无保留地教授给苏木的孩子们，用她独有的方式报答养育之恩。退休后，沙仁花迷上了毡绣，她的毡绣手艺远近闻名。沙仁花用驼绒和马鬃在毡子上绣绘着

二连浩特市民政局为"国家的孩子"举办欢聚活动

吉祥图案、鲜花飞鸟等，她在描绘着自己幸福生活蓝图的同时，为传承和发扬中华优秀传统文化尽自己的一份绵薄之力。

我们去额日登花家时扑了个空，额日登花的儿子告诉我们，老人带着牛羊去走场了。老人的儿子带我们来到老人走场时搭建的蒙古包里。老人三岁的时候来到内蒙古。谈起去南方寻亲的经历时，老人拿出了当时的照片。照片中，老人穿着传统服饰，在上海的东方明珠塔下、南京的秦淮河边、安徽的黄山顶上留下了珍贵的照片，"地方是好地方，"老人回忆道，"但只有在内蒙古的生活才适合我。"

旭仁其其格也是最早来到二连浩特的孤儿之一。当时所有的孤儿都集中收养在莲花老人家。半年后，别的孩子都相继找到新家庭，没人领养的旭仁其其格被六十多岁的莲花老人收养。莲花老人去世后，十岁的旭仁其其格也知道了自己的身世。这时，莲花老人的女儿，也就是旭仁其其格的姐姐站了出来，毅然决定继续抚养旭仁其其格长大。当时，旭仁其其格的姐姐结婚不久，她的孩子刚出生。就这样，姐姐代替莲花老人继续扮演着母亲的角色，母女两代人完成了神圣的抚养"接力仪式"，帮助旭仁其其格度过了那段艰难的日子。

莎日娜从小就心灵手巧，对裁缝工作表现出了特别的兴趣。长大后，莎日娜凭着自己出色的手艺开了一家纯手工制衣店，生意非常火。作为一名"国家的孩子"，她热衷于中华优秀传统文化的传承，把爱好做成了事业。

1958年，两岁的朝拉来到二连浩特市，父亲骑着马将他带回家。小时候，小伙伴们叫朝拉南方人，朝拉不知道人们为什么这么叫他，每次因为这个打完架都要回去告诉父亲。父亲每次都宠溺地告诉他："你就是我亲生的。"随着朝拉慢慢长大，他爱好骑马、摔跤。

孟根其其格非常健谈。1961年，孟根其其格来到二连浩特市。收养她的养父在孤儿喂养点第一次见到她时，孟根其其格蹒跚着跑过去，一把抱住了养父的腿。就这样，孟根其其格成了养父的女儿。童年的孟根其其格是养父和养母手心里的宝，他们给了她全部的爱，也给了她一颗正直、善良的心。在她十七岁那年，养父母又从苏木抱养了一个小男孩。养父母去世后，孟根其其格承担起照顾弟弟的责任，像母亲一样将弟弟养育成人。

和健谈的孟根其其格老人不同，诺明其其格老人很内向。老人来到内蒙古时已经五岁，当时已经会说话了。和还在襁褓中的其他孩子相比，已经记事的诺明其其格最大的困难是适应这里的生活。从上海来到内蒙古，语言、饮食、习俗的不同让她一时难以接受，这也直接造成了她内向的性格。诺明其其格还记得刚到蒙古包后，父亲就倒了一碗奶茶给她喝，诺明其其格开始学习说话后，每学会一个词，父亲就给她当时非常珍贵的炒米或奶酪。诺明其其格从来没有走出过内蒙古，更没有去南方寻亲的打算，她就是一位普通的牧民，在内蒙古结婚生子，深深扎根于此。

童年的张云兰总是被小伙伴们嘲笑为"外来人"，懵懂的张云兰哭着回家问养母，养母告诉了她她的身世。知道自己身世的张云兰哭了一夜。说起去世的养父母，张云兰哭了，她还记得养父去世时还惦念着自己的婚事，觉得没能给她好的生活条件，很对不起她。张云兰说，在她心里，养父母能够给自己第二次生命就足够她感恩一生了。

达日玛于1962年来到二连浩特，养父曾是一名边防军人。达日玛小时候最喜欢听养父讲他的故事和经历，从养父的经历中学到了很多做人的道理。2006年，达日玛老人第一个响应并参加在苏尼特左旗成立的"国家的孩子"爱心救助协会，和志同道合的人一起致力于帮助失去父母的孤儿们。达日玛老人说，五十多年前内蒙古救活了他们这群孤儿，他们从内蒙古人民手中接过这份责任，也要去帮助那些孤儿，让爱和责任延续。

图门巴雅尔是1960年来到二连浩特的孩子们中最小的，当时他只有八个月大。在包他的襁褓里，有一顶小帽子，帽子上写着"宋古河"三个字，这也许就是图门巴雅尔的本名。收养图门巴雅尔的家庭对他非常好。图门巴雅尔从小学习非常优秀，初中毕业后留在苏木当会计，出色的他得到牧民们的认可，后来又担任了嘎查书记一职，一当就是二十五年。2016年5月，一批"国家的孩子"自发组织去南方寻亲,当负责寻亲事宜的工作人员问图门巴雅尔是否有可以证明身份的物品时,他摇了摇头,没有拿出那顶帽子。对内蒙古的深深眷恋使图门巴雅尔放弃了寻亲的念头,他说:"感谢党和国家让我们有了再生的机会,感谢内蒙古人民,感谢二连浩特的父老乡亲养育了我,祝愿祖国繁荣昌盛,越来越好!"

内蒙古人民喜欢用花朵命名"国家的孩子",他们用一生的心血和付出呵护着这些"花朵"长大成人。原本相隔千里,没有血缘关系的人,如今骨肉相连、生死相依。他们一起经历风雨,一起度过春秋,守望相助,相亲相伴,彼此再也不分离,演绎了一个个传奇故事。这就是内蒙古亮丽的风景线。

(图文由二连浩特市民政局提供,有删改)

"国家的孩子"照片集

阿拉腾陶格斯的全家福

敖登高娃

包凤英的全家福

包金花的养父母及包金花

包玉莲

陈慧明

北京花

曹喜风

程晋

陈亚茹

陈再梅的全家福

池玉英

德吉德斯仁

额尔登的全家福

呼群与养父母

郭淑芳

黄瑞英

黄瑞英一家

李广华

韩爱荣

李来芳(右一)

李荣与养父

李桃三与养父母

马红霞

李亚萍

刘金凤一家

马秉勤

马惠君

毛杰一家

王梅英

斯日古楞

苏亚拉其其格的全家福

邱桂荣的全家福

田建玲

图雅

童格勒

王永生

王兴丽与养父王
振荣、养母薛兰英

王华

乌吉莫的全家福

乌云与养父孟克敖其尔、养母央金斯仁

吴秀珍与养父吴明成、养母艾玉兰

希吉日

许丽华

闫晓海兄弟三人与养父闫子厚

杨春艳看望通辽市
"国家的孩子"的保健医生

杨秀清与养父杨殿武、养母卜桂珍和外婆　　　　　　　　　　　于桂兰一家

尹国才　　　　　　杨秀秀

于世平一家　　　　　　　　　　　　杨亚琴一家

云月仙

张斌的全家福

张国梁

张学红

张月清

赵海琴

赵玉杰

记录

这是大爱

——专访《国家的孩子》作者萨仁托娅

祁瑞军 | 文

问：在这么多领养三千孤儿的故事中，有哪些细节您至今仍印象深刻？

萨仁托娅：我采访了那么多领养孩子的母亲，她们共同的一点是顺其自然。这在某些时候会将复杂的事情变得极其简单，由此产生了许多领养的故事。有个襁褓中的婴儿哭闹不止，任凭保育员怎么哄都不行。这时，一位牧民妇女走了进来，那孩子立刻安静下来，小眼睛定定地看着她，不哭也不闹了。她抱起孩子，眼里闪着泪花："这是我的孩子！"我采访过的于淑贤告诉我，她母亲把她抱回家时她才三岁，啥都记不得。后来听别人讲，那天她正在院里玩耍，一个女人进了院子，刚会走路的她突然张开小手，摇摇摆摆地跑上去，拽住这个陌生女人的衣角喊了一声："妈妈！"这一声叫出了一辈子的母女情缘。这样的故事非常多。

问：从《静静的艾敏河》到《国家的孩子》，这个题材为什么如此吸引您？

萨仁托娅：我深入了解这个事情的时候是20世纪90年代末，那个时候大多人对这段历史都不太了解。这么伟大的事情，过去知道的人却特别少。从1958年9月开始，三千孤儿北上。从安徽来到锡林郭勒盟苏尼特右旗，走了四天四夜。民政、卫生系统都抽调人员组成接运小组，付出了巨大努力。这在当时是一项特别大的工作。没有共产党怎能做出这么伟大的事情，这是大爱，我觉得应该让更多的人知道。

另外，我在采访的过程中发现，当你问任何一位母亲，如果这个领养的孩子将来被亲生父母找见的话怎么办？她们先是一怔，一看就是从来没想过这件事情，也没有人问起过她们这个问题。紧接着，她们思考过后会告诉你答案，但好像都是提前约定了似的说："好啊，他/她要是找着亲爹亲妈多好呀！如果他/她爸爸妈妈有能力的话，说不定还能给他/她找个工作，能让他/她到城里生活。他/她要有个兄弟姐妹呢，将来我们死了，他/她还有个亲人照顾。"我一下就被她们的胸怀打动了。

萨仁托娅,女,中国作家协会会员、中国戏剧家协会会员,内蒙古翻译家协会会员。曾任内蒙古电影家协会副主席兼秘书长,一级创作职称。曾获"全国少数民族骏马奖电视剧最佳编剧奖""中国戏剧文学学会银奖""中国戏剧文学学会创新奖"等。

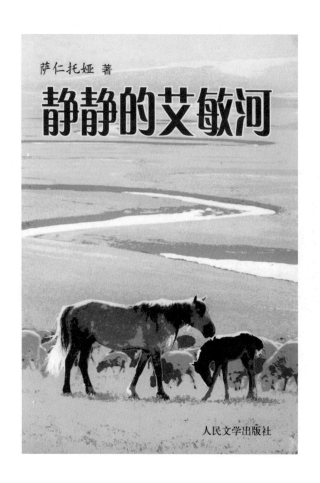

萨仁托娅主要著作：长篇报告文学《国家的孩子》、长篇小说《静静的艾敏河》、16集电视连续剧《静静的艾敏河》（与人合作）、长篇报告文学《草原之子——廷·巴特尔》（与人合作）、纪实文学《牛玉儒——一个人和他热爱的土地》、剧本集《牧野无歌》。

内蒙古给了我们第二次生命

——专访《守候生命的故乡》作者满都日娃

黄翰馨｜文　李炳辰｜图

问:是什么样的机缘巧合让您有创作这本书的灵感?

满都日娃:我自己本身就是"国家的孩子"中的一员,从知道自己的身世后,就对当年发生的事情及背景非常感兴趣,然后开始研究,写散文《守候生命的故乡》已经是第二个版本了,第一版是《幸运的人》。

离开亲生父母成了孤儿的这些孩子从几万里外的地方被送到内蒙古,在党的关怀和养父母的爱护下有了第二次的生命,成为"国家的孩子",到今天已有六十余个年头了。人的一生中能有多少个六十年啊!更何况"国家的孩子"的六十岁是与众不同的六十岁。回望走过的六十余载,不禁想起在内蒙古故乡被养育成人的岁月,想起党和政府、乌兰夫主席的关怀、故乡的人民的善良的心。正因如此,"国家的孩子"不仅爱养父母、内蒙古故乡和故乡的人民,还怀念并记录着那些人们善良的心、民族团结的爱的真实事件。所以撰写了这本《守候生命的故乡》的回忆录,怀念那些在天堂的恩人们。

问:您是怎么知道自己的身世的? 据您了解,当时收养这些"国家的孩子"有什么样的条件?

满都日娃:父母从来没有和我说过我是被抱养的,一直对我视如己出,我也是从别人的嘴里听说自己是"国家的孩子",后来通过自己的研究,有了更深入的了解。第一批被送来的"国家的孩子"大约有三百五十人,在苏尼特右旗温都尔庙待了两年再被送到牧区。后来,听当时的保育员阿姨说,最大的孩子二至三岁,最小的只有几个月。家庭条件相对较好且家中没有孩子的才符合当时的领养条件。

问:您的养父母在您心中有怎样的印象? 在您的成长过程中,他们对您有什么影响?

满都日娃:我养父叫都古尔苏荣,是一名党员干部,养母叫关布苏荣,在当时我们的家庭条件算很好的,养父母只有我这一个孩子,如获至宝似的对待我。

小时候的玩伴斯琴毕力格总是羡慕地说:"你真是个有福之人,在我们小时候你总是穿好看的衣服,让我们看着眼红的事情至今我都记得。我们穿露脚趾的鞋的时候你穿皮鞋,我们穿露胳膊的衣服时你穿着花色的丝绒外套。你的父母真爱你……"

好像是在1963年,我五岁,父母在苏尼特左旗阿如宝力格牧场,也就是在现在的巴音诺尔镇工作。有一次,在牧场召开牧民大会,中餐是带肉的小米饭。母亲给我盛饭的时候我直接说："这个饭不好,我不吃。"坐我旁边的父亲说："这么多人能吃,你还说不好!"母亲心疼我,回家给我做了别的饭。

1965年,父母搬到原萨如拉塔拉牧场,母亲把青春献给了牧业建设。萨如拉塔拉牧场是我童年记忆最深刻的地方。就是在这个地方,我踏入了学校的门槛,认识了很多朋友,斯琴毕力格就是其中之一。

记得那是1966年的一天,我们和斯琴毕力格放学去妈妈的办公室等妈妈下班回家。当时,母亲办公室的顶棚是用毛图纸糊,我们就在办公室里玩耍,一脚把鞋踢飞到顶棚上,踢出了一个大洞,还兴高采烈地去找母亲,向母亲炫耀自己的"本领"。母亲非常生气,把我们领回家后没有给我们饭吃,让我自己反省一下自己错在哪里。母亲严厉,但宽严并济,等我知道自己的错误后,又为我做了可口的饭菜。这虽然是一件很小的事情,但让我记忆犹新。父亲和母亲的严厉是在教我怎样做人,教我不能为所欲为、不能破坏公共财产,我在父母的熏陶中逐渐变得优秀。

问:书中您所采访和记录了多少"国家的孩子"的故事?

满都日娃:这本书中记录了在全区五个盟市工作生活的一百七十名"国家的孩子"的故事。编写他们的回忆录的过程中,注意了当时的地名、自然环境和地方方言,还记录了个别历史事件。

这本书不是一本统计、记录"国家的孩子"的书。主要通过在各地区生活、工作的能联系到的"国家的孩子"的回忆和自愿提供的材料记录他们的故事。采访和收集资料的过程中,有的"国家的孩子"想法不一,或态度消极没有告知自己的过去和想法。书里都是他们的底稿,以他们与养父母在一起时的故事为主线铺陈开来。

问:2021年是建党一百周年,您有什么话想要说给党?

满都日娃:感谢党! 感谢国家! 感谢内蒙古给了我们第二次生命! 这也是我采访这些"国家的孩子"最常听到的一句话,我的书名《守候生命的故乡》的灵感就来源于此。虽然我已年过半百,但受国家的培养、父母的熏陶,我们这些孤儿是在党和政府的关怀下、在内蒙古的怀抱里长大成人,所以我们愿意在这样的年纪尽一点自己的微薄之力,回报党的恩情。

2010年,我组织成立了"国家的孩子"爱心协会,从创建初期的四十七位会员发展到今天的一百三十一位,都是由牧民、"国家的孩子"、"国家的孩子"的孩子以及很多当初我们资助过的困难家庭学子组成,致力于帮助贫困学生和困难群众。能为社会尽绵薄之力,我们感到非常荣幸! 也衷心祝福我们的祖国更加繁荣昌盛!

满都日娃，女，著有《幸运的人》《守候生命的故乡》等。苏尼特左旗"国家的孩子"爱心协会会长。

一曲民族团结的赞歌
——摘自《大漠有大爱——"国家的孩子"在阿拉善》序

中国共产党是用马克思主义武装起来的政党,在中国革命、建设和改革历程中一以贯之地尊重人民主体地位。实践证明,中国共产党是为人民利益而奋斗的伟大的政党。

阿拉善,是五彩斑斓的地方,是贺兰山下的广袤沃野。这里曾奏响一曲生命至上的赞歌,这里传唱着一段民族团结的佳话,这里有一段不能被遗忘的历史,这里有一份刻骨铭心的恩情。

20世纪50年代末60年代初,"三年困难时期"使得连一向富庶的江南地区也出现了大批弃婴,上海地区的儿童福利院收满了无家可归的孤儿,刚刚咿呀学语的幼儿面黄肌瘦、襁褓中的婴儿嗷嗷待哺。时任全国妇联主席、主管妇女儿童工作的康克清焦急万分,找到时任内蒙古第一书记的乌兰夫,希望他能从牧区调拨一些奶粉。乌兰夫请示周恩来总理后,做出了一个更大胆的决定,把一部分孤儿从上海接到内蒙古,由内蒙古人民来抚养他们。于是,内蒙古敞开她宽广的胸怀,三年中接纳了三千余名上海孤儿,分批移入内蒙古 十一个盟市三十七个旗县的千余个家庭收养。这些来到内蒙古的孩子就被称作"国家的孩子"。

"接一个、活一个、壮一个",是目标也是要求。自治区党委对收养人的政治背景、经济条件做出了严格的规定:不论城市居民还是牧民都须家庭经济条件好,无不良品行,无子女。收养人都要带着当地人民政府的收养介绍信来接孩子。育婴院就像一个生命的驿站,一个新的名字,一个温暖的家庭。他们与内蒙古一生的缘分就从这里开始。

牧民的情怀就像涓涓流水,这条孕育了许许多多美丽传说的生命之河也同时孕育了内蒙古人民博大的胸怀。出生于困难的年代,是三千名孤儿的不幸;成长在内蒙古母亲的爱里,是他们共同的幸运。如今,那批孩子已经年过六旬,他们说:"我们永远是内蒙古的孩子。"

据资料记载:1958年,巴彦淖尔盟和河套行政区合并,盟行政公署迁址磴口县巴彦高勒。阿拉善旗仍属巴彦淖尔盟,巴彦浩特撤市为镇。1961年阿拉善旗分设为阿拉善左旗、阿拉善右旗。1969年阿拉善左旗划归宁夏回族自治区,阿拉善右旗和额济纳旗划归甘肃省,直到1980年阿拉善盟成立。经盟政协文史委寻访,巴彦淖尔盟育婴院首批收养的六十名孤儿中被阿拉善家庭领养的有三十余位,目前,只联系到其中的二十一位。

六十年前的南方孤儿,如今不论是外貌还是语言,我们已经很难把他们与南方人联系起来。半个多世纪过去了,当年的这些孩子都六十多岁了,他们有的在阿拉善戈壁牧区长大,结婚生子,颐养天年,草场、羊群成为他们心中永远的依恋;有的在平凡的岗位上努力工作,在阿拉善这片土地上扎根奉献,用自己的行动回报着父母的养育之恩。当这些故事变成历史的时候,就要有人去做真实的记录:厘清脉络,还原真相,抚今追昔,鉴往知来,最大限度地发掘和汇集当事人的所历、所见、所闻,填补历史记载的空白和不足,让爱留痕,让祖国的恩情在驼乡戈壁永远传唱。

阿拉善盟政协以高度的责任感和使命感担负起这一重任,重拾阿拉善"国家的孩子"的生命轨迹和生活经历,将其作为政协文史工作的重要内容纳入政协工作目标。利用两年时间收集、整理、出版《大漠有大爱——"国家的孩子"在阿拉善》一书,客观真实地记录上海孤儿的历史事件,站在历史的角度关注这一重大事件,深入挖掘上海孤儿在阿拉善这片广袤土地上的成长与奉献,书写和传扬内蒙古地区的民族团结和内蒙古人民的博大胸襟。2019年3月19日,阿拉善盟政协文史专员聘任暨史料征集启动仪式在巴彦浩特举行。盟政协领导出席,并为聘任的首批二十一名文史专员颁发聘书。各旗政协文史委分管领导、文史委主任、特邀文史专员、上海孤儿代表四十余人参加启动仪式。受聘的文史专员来自阿拉善盟各行各业,他们具有深厚的人生阅历、丰富的工作经验、优秀的文化素养,具有一定的代表性和社会影响力,为本书口述史料采访、整理乃至编辑成稿奠定了良好的基础,做出了积极的努力。

用笔记录,用心书写。历时一年半,盟政协文史委牵头组织文史专员,分赴各地开展采访工作,银川、吴忠、民勤、磴口、额济纳旗、阿拉善右旗、阿拉善左旗巴彦诺日公苏木、吉兰太镇……采访者的足迹遍布阿拉善各地及周边地区,寻访工作全面展开。与二十余位当事人、六十余位知情人面对面采访,获取了大量真实的素材,经整理,形成采访稿二十余万字、收集照片一百余张,相关资料三十余份。

所有的文字与图片无时不在证明,他们是幸运的,离开故土之时,却又沐浴了人间的无限温暖,他们在羊奶的滋润下长大,在驼群中穿行,在父母慈爱的目光中成长。绕指流年,从天真懵懂的孩童到踌躇满志的青壮年,如今已经步入花甲,记忆的碎片和生活的沉淀,垒起了岁月的高度,也增容了生命的年轮,他们的幸福和美好一路相拥,都在阳光里散射。

在阿拉善建盟四十周年到来之际,阿拉善盟政协编著《大漠有大爱——"国家的孩子"在阿拉善》一书,在寻访中完成了对这片土地的启迪与感动,故事的背后有五味杂陈的悲喜,有朴素真实的生活场景,穿越半个多世纪的时光隧道,从他们的成长经历中解读和诠释了诸多故事背后的关于人性、关于善良、关于人间大爱的情怀。我们的旨意是想把这些故事分享给大家,让更多的人了解阿拉善,了解这片土地上的人民的仁厚与旷达,通过一个个故事传颂阿拉善广袤大地上的关于民族团结的赞歌,从中获得向善、向美的情感与力量。感念我们伟大的中国共产党,感恩"人民至上、生命至上"的执政理念,感悟中国特色社会主义制度的优势和强大的中国力量。

大爱留痕,这段历史必将载入史册。

(有删改)

反哺

张宇航："一定要帮助这些孩子"

　　1996年,广东省纪委常委兼秘书长张宇航听说内蒙古人民养育三千孤儿的感人故事,被深深打动,他到江苏开会时遇到时任内蒙古自治区党委副书记云布龙。当他听云布龙谈起内蒙古还有不少孩子因家境贫困读不上书,当即表示"一定要帮助这些孩子!"经云布龙协调,第一个接受张宇航资助的女孩是伊克昭盟鄂托克前旗城川苏木蒙古族小学三年级学生孟根图海。从1997年开始,张宇航便承担了孟根图海的学杂费。转眼间,孟根图海在"广州阿爸"的呵护下长成大姑娘,考入内蒙古民族高等专科学校,圆了大学梦。几年来,张宇航利用节假日和出差机会在内蒙古高原奔波时进入辉腾席勒草原。在那里,他请察哈尔右翼中旗乔静波书记挑选十名需要资助的贫困儿童,十名儿童分别得到广东人"一对一"的资助。当内蒙古阿拉善、巴彦淖尔纪委有关同志造访广州时,张宇航又拜托他们推荐需要助学的孩子。很快,巴丹吉林沙漠、乌拉特草原的贫困儿童也得到资助。张宇航和数百位热心人通过朋友、同事互相发动,在内蒙古资助了一千五百多名贫困学生。 他于1997年资助第一个内蒙古牧民的孩子,后来发动广东其他爱心人士,组建爱心团队。爱心帮扶人士根据自身情况,采取一对一、一对多和多对一等方式,为对接资助的贫困儿童提供资助。

　　2005年6月,张宇航调离工作十多年的省纪委,到羊城晚报报业集团任总编辑。新的工作岗位为"草原爱心"活动的开展提供了新的平台和思路,4月15日,历时十年,成功扶助内蒙古一千五百多名失学儿童的广东"草原爱心"团队,在珠江地产罗马家园建立了"草原爱心基地"。据介绍,为了确保"爱心工程"持续、有序、扎扎实实地开展下去,让更多需要资助的孩子受益于"爱心工程",珠江地产根据内蒙古自治区的区划及受捐较集中的地区,将十个盟(市)分别对应珠江地产旗下十大社区,其中,罗马家园对口锡林郭勒盟、珠江俊园对口呼伦贝尔盟、东方夏湾拿花园对口巴彦淖尔盟、马赛国际公寓对口赤峰市、南景园对口兴安盟、旭景70年代家园对口阿拉善盟、信华经理人家园对口鄂尔多斯市、翰景轩对口乌兰察布盟等。

　　2020年,张宇航带队回访内蒙古(后排左四),与妻子(后排左三)和他们当年资助的学生及其家人合影。

　　十七年前,张宇航第一次来到内蒙古,与他们资助的贫困学生车力很和乌云嘎及家人合影。

媒体对张宇航善举的报道

张宇航写给都贵玛的信

"国家的孩子"制作毡绣巨作，为建党一百周年献礼

在建党一百周年来临之际，工作和生活在苏尼特草原的"国家的孩子"们自发组织，积极筹备，用自己一针一线绣出来的毡绣作品，为党献礼。

完成毡绣作品不但需要分工明确、协同完成，更需要一个容纳多人的制作场地。作品制作主创人找到吉日嘎郎养老园区管理人员，希望园区为她们提供场地制作毡绣。参与毡绣作品的老人中好几位"国家的孩子"居住在吉日嘎郎综合养老园区，不仅来回方便，还能在饮食起居上照顾其他人员。吉日嘎郎养老园区决定将党建活动室无偿提供给她们使用，直至全部作品完成，并会持续为她们提供力所能及的帮助。

据主创人介绍，该作品长八米、高两米，是毡绣作品中为数不多的巨型作品。主要以展现"国家的孩子"们踏上内蒙古这片热土、内蒙古以博大的胸怀接纳了众多孤儿、牧民们一年四季在牧业生产上辛勤劳作的场景为主题，表达对伟大的共产党，对内蒙古母亲的养育之恩的感谢之情，该幅毡绣作品耗时一个多月完成。

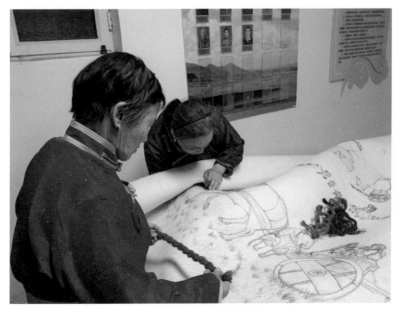

回声

三千孤儿南下寻亲

20世纪60年代初,全国粮食供应缺乏,上海、江苏、浙江等地的几十个孤儿院里,大批孤儿面临粮食供给不足的威胁。内蒙古自治区党委、政府主动请缨,把这些孤儿接到内蒙古,分配到牧民家中,并提出"收一个、活一个、壮一个"的要求。于是,三千余名孤儿踏上北上的路,他们被安排在内蒙古的各户人家,自此扎根内蒙古。

这些孤儿如今大多数人已年过花甲,在把内蒙古视为家乡的同时,也充满了寻找血缘至亲的渴望。对这些"国家的孩子"来说,"故乡"是一个复杂的概念。从血缘上看,他们的故乡在江南;从情感上来说,他们的故乡在内蒙古。随着岁月的流逝、年龄的增长,他们想回南方看看,也想知道亲生父母是谁,出生地又是在哪里?

"蒙牛传情草原圆梦"系列活动如期启动,三千名孤儿代表在社会各界的帮助下组成"跨省寻亲团",开始了南下寻亲之路。据了解,此次活动是在内蒙古蒙牛乳业的大力支持下,由《北方新报》联合上海《新闻晚报》、江苏《扬子晚报》、江苏吕大姐寻亲网、北方新闻网和内蒙古自治区有关部门联合推出的"蒙牛传情草原圆梦"系列活动。如同电影《额吉》中的故事一样,时隔数年,只有极少数孤儿能回忆起自己曾经的名字或故乡的点滴,寻亲线索极其少。但无论是主办方,还是参加寻亲的孤儿代表团,都对此次活动充满了信心。

"圆梦行动"是这次活动的主要内容之一。内蒙古蒙牛乳业承担了寻亲者的全程路费、住宿费,为寻亲者提供餐费补助。寻亲团先后赴安徽省马鞍山市,江苏省宜兴市、无锡市、苏州市,分别举行了寻亲会。一些在当年失散了亲人的本地市民,通过媒体得知此事后纷纷赶往寻亲会现场寻找亲人。

在寻亲的同时,寻亲团游览了江南美景,感受了江南的风土人情,亲眼见证了故乡的飞速发展。寻亲团还应邀在上海参加了电影《额吉》首映仪式,观看了以他们为生活原型而创作的故事片,看到自己的身世命运在银幕上演绎,他们一个个不禁热泪盈眶。

活动负责人透露,寻亲期间,将对寻亲孤儿进行采集血样认证,从中核对血缘关系。对特别吻合的寻亲家庭,也会请当地电视台进行跟踪采访。此外,蒙牛乳业还特地建立"国家的孩子"永久档案,为这段历史留下珍贵的史料记载,有利于后续寻亲活动的开展。蒙牛乳业负责人表示,"卖牛奶是蒙牛乳业作为一个企业的生存之需,而做公益是蒙牛乳业作为一个责任企业应尽的义务,是蒙牛乳业回报社会的方式。"

近年来,蒙牛乳业出资,先后两次赞助孤儿寻亲团南下。无论身在江南还是塞北,这些南方孤儿们都不应感到孤独,因为祖国,即是故乡。

寻亲会现场

蒙牛乳业马鞍山有限公司工业园区内的雕塑

报刊资料

电影《额吉》上海探宫会受媒体关注

寻亲团成员与电影《额吉》原型人物合影留念

报刊资料

媒体关于三千孤儿寻亲的报道

媒体关于三千孤儿寻亲的报道

媒体关于三千孤儿寻亲的报道

报刊资料

媒体关于三千孤儿寻亲的报道

媒体关于三千孤儿寻亲的报道

为了牧区深处的孩子们

包头市民政局　任志刚

一

2021 年的 6 月中旬，我接到组织的调令，回到市民政局分管儿童福利工作。在憧憬的同时，更有了长久的坦然。冥冥之中，似乎有一种似曾相识的相遇。转念想来，已有二十载的沉淀了吧。

2002 年 12 月 5 日清晨，晨光微曦，还是这方天地，我和另外的二十三名从牧区深处聚拢在一起的"孩子"，确切地说应该是"回家的孩子"，我们搭乘最早一班航班，从北方的内蒙古前往南方的上海去"寻亲"，载着浓郁的奶香去寻根，去看望、体味四十年前的上海，这座暌违已久的故土旧地，推开那幢幢厚实如磐的石库门，那扇关闭又敞开的儿童福利院的大门……每个人的神色既凝重又惶恐，如同第一次出远门的孩子。其中，有一位 1960 年已经八岁的巴特尔，此刻他方正黝黑的脸庞上细长明亮的眼睛不时张望着，早已经没了平日里老成稳重的劲儿，好在他身旁有不断与他絮叨的胡阿姨。她正是六十年前接送巴特尔这批孩子的随队护士。那时她新婚不久，也是一个不谙世事的腼腆姑娘。飞机在通往南方的天际中飞翔着，巴特尔、查干、张岩、彦飚、黄志刚、格日勒，这些"孩子"们静默地坐着，有的在沉思，有的在舷窗旁边望着外面的天空，更多的人像是在默默思索。这是一场特殊的旅程，这场由蒙沪两地主办的寻亲活动被上海方面赋予了更深厚的意义，"欢迎亲人回家"，家在哪里呢？现在是早晨 8 点，我们在内蒙古，我们飞往上海，我们的目的地是浦江西岸，再过两个多小时，我们将前往上海儿童福利院，这些来自牧区深处的三千名"回家的孩子"的代表将在那里与故土亲人举行一场意义深刻的"重逢"。

二

车辆在京藏高速公路上疾驰。也是晨光熹微，车内端坐着市民政局的几位领导，我凝望着车窗外雄峙的大青山，大青山也深沉地凝望着我，像是早已深知我此刻的心情。是的，两段故事交织在一起，没有理由让人心情平复下来，六十年前的那些孩子现在有的已经是三代同堂了，二十年前的巴特尔——这位锡林郭勒牧区深处的气象专家已经是七旬老人了，而抚养他们的母亲都贵玛、一路照顾他们北上的包头市中心医院医生胡阿姨，已经是耄耋老人。这情感如同这连绵不绝的大青山，一路由西向东延展着，向着内蒙古首府呼和浩特，向着四子王旗老人都贵玛的故乡，那既贫瘠而又丰润的中部乌兰花……这一路的坦途，六十年前是用勒勒车摇摆出来的，一路上有着年轻牧人们的喜悦和期盼，尚在襁褓中的孩子们那时也已感受到内蒙古的辽阔了吧。

市民政局局长刘丽萍和儿童福利院院长杨玉捷早已得知我二十年前带领"孩子们"重返上海的故事，看到我又陷入沉思，刘局长递给我一个水果月饼，院长将热水递上，让我感受到民政大家庭的温暖。是啊，时光飞逝，光阴不老，此行参加签约仪式，十几年后又一段佳话。我们一行将代表包头市儿童福利院二百多名孤残儿童接受来自上海方面的捐助，上海社会力量助力内蒙古儿童福利事业发展结对援助签约仪式将在首府呼和浩特儿童福利院举行，来自上海市的各级领导、八家基金会的代表将与内蒙古自治区八家儿童福利院举行发展结对援助签约，这是上海的回馈，是亲情的传递，更是根枝相连、枝繁叶茂的友谊之泉。

巧了，又是一个5日，2002年12月5日，三千孤儿的代表重返上海，2021年9月5日，又过了十九年，为续写这段佳话，这场特殊而又无比珍贵的视频签约仪式如期而至。内蒙古各级代表身穿节日盛装，早早地来到呼和浩特儿童福利院礼堂与上海方面的各位领导、同行、公益协会的代表通过大屏幕，共同深化战略合作框架协议。内蒙古自治区民政厅领导发表热情洋溢的讲话，表示八家受助儿童福利院要做带动内蒙古儿童福利事业发展的领头雁、排头兵，实现从典型引领到重点突破再到整体提升的快速转变。呼和浩特市负责人表示，要扎实做好各项援助项目，扩大交流合作，对标对表上海儿童福利事业先进经验，用好每一笔结对援助资金，发挥好每一个结对援助项目的作用。包头市儿童福利院院长更是深受鼓舞与鞭策，郑重向局领导承诺，借合作签约的东风，将市福利院打造成为全国一流的模范示范儿童福利院。

孤儿代表

新闻发布会留影　　　　　　　　　　　　　　　　座谈会现场

三

举手长劳劳，两情同依依。这场合作借感恩的东风鼓舞着每一位与会者的心田，激荡在每个人内心深处。

回去的路上，杨玉捷院长动情地为我们一行讲述了包头儿童福利院的光荣历程。包头市儿童福利院位于包头市青山区兴胜镇王应基村包头市民政福利园区内，面积两万三千平方米，加挂了包头市儿童福利院、包头市精神卫生福利院、包头市孤残儿童特殊教育学校，形成了三院一校的综合服务格局。自建院以来接收各类残障人士、流浪人员、孤弃儿童等八千余人，有很多儿童被爱心家庭收养。据院内留存资料统计，保存档案和记录资料的国内收养有四十例。

一直以来，包头市社会福利院基于生命至上，儿童权益优先的原则，在福利院东墙外设立婴儿安全岛，从2014年3月婴儿安全岛开始投入使用，至2020年10月福利院迁到新址，婴儿安全岛共接收儿童九十六名，占接收儿童总数将近60%，由于救助及时，弃婴的存活率有了大幅提高。当前，福利院现有孤残儿童二百零九名，设有儿童区居室二十二间，每间一百二十平方米，家庭区居室十七户，每户面积一百二十平方米，总床位三百五十张；特教区功能教室十七间；康复区各类评估室、训练室三十四间。目前，特教学校有在籍学生一百三十九名，七十七名儿童在康复中心进行康复训练。

座谈会现场

孤儿代表在上海儿童福利院旧址留念

活动现场采访

孤儿代表向上海儿童福利院赠送礼物

孤儿代表留言

举办座谈会

荣誉证书

旧址留影

内蒙古牵挂着上海

任志刚

电视连续剧《国家的孩子》再一次勾起我对上海回访的回忆。2002年8月的一天，我还在包头市委宣传部工作，一个偶然的接待任务，使我结识了上海《现代家庭》杂志社的五位编辑记者朋友们，他们由主编亲自带队，前来包头市达尔罕茂明安联合旗采访三千孤儿的其中几位。这次采访注定我与上海的亲密接触，也使我一次又一次从内蒙古飞往上海。从此，我的工作生活融入大上海的气息。

2002年中秋，我们一行前往达尔罕茂明安联合旗寻找孤儿巴特尔、格日勒和王霞，采访十分顺利。在达尔罕茂明安联合旗委宣传部摄影家秦文秀的陪伴下，我们逐一采访到苏木长的巴特尔、医生王霞，还有牧民格日勒，上海的记者们被人们的真诚与热情深深地打动着，采访札记几乎写满了采访本。文秀与上海来的承志拍摄了一幅又一幅珍贵的照片，照片记录下这几位孤儿成长的现实情景，写满了他们的赤子情怀，对生活的追求与热爱，也无不流露出几位而立之年的"过来人"对大都市上海的深情眷恋与牵挂。

记得采访结束后天色已晚，我们谢绝了当地政府的极力挽留，在百灵庙镇匆匆吃完晚饭，便驶向牧区深处。

小憩一会儿，我们讨论着杂志发稿的想法，文章很快定稿成型。成稿作为一期跨省飞跃的采访报道不是难事，而且这篇长篇纪实报道应该十分厚重，将会产生良好的社会影响。但如果想更加引起各个方面的注意，光有这一期的报道稿显然不尽"火候"。怎么办？一个大胆的后续跟进报道计划就在达尔罕茂明安联合旗酝酿成熟了。这就是2002年12月5日，为期一周的"欢迎亲人回家"三千孤儿回访上海报道计划启动了。

该年12月初，来自呼和浩特市、包头市、锡林浩特市共计二十三位孤儿代表启程前往上海开启寻亲之旅。包头市委宣传部的领导、蒙牛乳业集团的高管在上海远东国际大酒店召开新闻发布会，随后孤儿代表走进上海慈善总会、市保育院旧址、部分街道社区、居民楼寻根问亲，友情互动，聚会交流，联络访问，"亲人们回家了"。新华社，中国妇女报社，当地新闻单位及内蒙古随行的记者们刊发出大量来自一线报道。亲人团聚、民族团结的主题如同一曲曲高亢激昂的旋律，在初冬的上海涌起一股股宏大暖流。无疑，这次回访活动和新闻报道工作获得了巨大成功，同时也加强了主办单位、包头市委宣传部与上海妇联的紧密联系，最主要的是我的内心深处从此再也放不下对上海的牵挂。

如今，往事如烟，化作灿烂朝霞。我的女儿大学毕业留沪，已成家立业，事业有成。我也一年四季经常往返于上海和包头之间。

部分举办单位领导就座主席台

孤儿代表合影留念